그래도 가야 할 길

그래도 가야 할 길

강병석 장편소설

문예바다

작가의 말

문학은 시공을 초월한다
글쓰기를 선택한 이유다

2024. 8. 8.

운정에서 강병석

| 차례 |

작가의 말　5

1. 용봉산　8
2. 미륵을 부르는 봄　23
3. 그러고 나서　43
4. 하늘우물　65
5. 가재춤　84
6. 검사와 여선생　106
7. 그해 여름　124
8. 시간의 빛깔　145
9. 그래도 가야 할 길　162

1. 용봉산

　어느 날, 광선이의 생애 첫 기억의 둑이 터지고, 잠들었던 그림들이 떠내려왔다.
　첫 번째 그림은 뒤란 장독대에서 토담을 타 넘는 장면이다. 긴 긴 여름날의 해 질 녘, 엄마가 장독대에 올라서서 나를 토담 지붕에 올려놓는다. 치맛자락을 움켜쥔 엄마가 뒤따라 토담 지붕에 올라앉는다. 토담 지붕에는 가마에서 구워낸 검정 기와가 얹혀 있다. 백월산 오른쪽 등성이에 살짝 걸린 붉은 해가 용봉산 왼쪽 봉우리를 환하게 비춘다. 석양에 비낀 엄마의 볼이 잘 익은 홍시처럼 발그레하다. 선녀 항아님이 따로 웂서, 광선이 엄마가 선녀고 항아님인겨. 암, 말헐 것두 웂는 일, 내 평생 광선이 엄마 뎦을 미인 세상천지 암디서두 듣도보도 못했어. 뜬금없이 살아나는 동네 어른들 두런거리는 말소리 탓에 엄마 얼굴을 눈이 부시게 쳐다본다. 엄마는 힘겹게 다리와 몸을 틀어 담 바깥쪽으로 돌아앉는다. 기왓장의 경사가 가파른 탓에 몹시 불편하고 위태롭다. 엄마 얼굴이 더 빨갛게 상기된다. 갑자기 엄마가 선녀로 변해 나를 토담 위에 버려둔 채 훨훨 날아가는 건 아닐까, 마음 졸인다. 엄마는 한참 만에야 돌아앉는 데 성공한다. 곧장 아래로 주르르 미끄러져 내린다. 엄마는 내가 태어나기 두 해 전, 형을 먼저 낳았다. 형은 호적부의 먹물이 마르기도 전, 일 년을 못 채우고 돌림병에 걸렸다. 형은 거의 한 달 동안이나 앓으면서 엄마의 애간장을 다 녹여놓았고, 죽어서는 엄마의 가슴에 묻혔다. 엄마는 나를 낳은 다음에도 동생을 낳았다. 나하고 두 살 터울이었다. 동생이 태어났을 때는 출생신고를 하지 않고 일 년 반을 기다렸다. 동생은 면사무소 호적부에 먹물을 묻히지 못하고 돌림병에 걸렸다. 엄마 가슴속 무덤은 두 개로 늘었다. 엄마는 또 입덧을 시작했다. 사람들은 내게 내년 봄이 오면, 동생을 보게 될 거라고 말했다. 태어나면 나하고 네 살 터울이었다. 꼭 그래서는 아니더라도 부드럽게 뛰어내리기를 빌었건만, 엄마는 땅바닥에 쿵, 하고 엉덩방아를 찧는다. 엄마는 한참이나 다리와 허벅지를 주무른다. 토담 위에 남겨진 채로 나는 갈등한다. 그냥 뛰어내릴까, 아니면 기다릴까. 무섭다고 울어버릴까, 꿋꿋이 버텨낼까. 마차 바퀴에 깔렸던 풀포기가 그러듯이, 부스스 몸 추슬러 일어선 엄마가 두 손을 뻗쳐 나를 안아 내린다. 왜 그래, 지금 어디를 가는 거야. 그제야 궁금증이 도진 내 입술을 쉿, 엄마가 손가락을 세워 막는다. 엄마와 나는 붉은 해가 백월산 너머로 숨듯, 한내를 건너서 용봉산 솔숲으로 스며든다.

해 질 녘이면 햇살이 방안 깊숙이 쳐들어왔다. 본채는 서향이라 백월산을 바라보고, 대문은 용봉산을 바라보는 북향이다. 대문을 나서면 용봉산이 이마에 받칠 듯 바투 다가섰다. 용봉산이란 용의 몸에 봉황의 머리를 이고 있다는 뜻이지만, 산이 온통 바위로 뒤덮였기에 붙여진 이름일 것이다. 전설이 그 증거였다. 옛날 사철 맑은 물이 넘쳐흐르는 한내를 사이에 두고 용봉산과 백월산에 힘센 두 장사가 살았다. 막상막하의 맞수였다. 둘은 눈만 뜨면 한내 모래밭에서 만났고, 씨름 솜씨 겨루기를 낙으로 삼았다. 용봉산과 백월산의 중간 마을, 모래밭이 한눈에 내려다보이는 둔덕에 마음씨 예쁜 처녀 소향이 살았다. 장사들 씨름 구경이 유일한 재미였다. 세월이 흘렀다. 용봉산 장사, 백월산 장사, 마음씨 예쁜 소향까지 모두 꽉 찬 성년에 이르렀다. 용봉산 장사가 말했다. 나는 소향에게 장가들겠다. 백월산 장사가 받았다. 안 된다, 소향은 벌써 오래전에 내 각시로 점찍어뒀다. 장사들의 말씨름은 끝이 없었다. 지켜보던 소향이 약속했다. 입씨름으로 하지 말고 진짜 씨름으로 결판을 내라. 이기는 사람 각시가 되겠다. 그날부터 장사들의 솜씨 겨루기 씨름판은 치열해졌다. 해가 바뀌고 또 바뀌었다. 좀처럼 승부가 나지 않았다. 씨름판은 날이 갈수록 사나워졌다. 또 한 번의 겨울이 닥쳐오고 있었다. 초겨울의 어느 날, 용봉산 장사가 선언했다. 더는 미룰 수 없다. 백월산 장사가 받았다. 오늘 해 안으로 결판을 내자. 둘은 그 한 판에 젖 먹던 힘까지 다 쏟아부었다. 모래바람이 피어오르고 먼지구름이 하늘을 가렸다. 천둥이 울고 땅이 흔들렸다. 맹렬한 기세가 폭풍처럼 소향을 덮쳤다. 다급하게 몸을 피하던 소향이 발을 헛디뎌 한내 물속으로 풍덩, 빠졌다. 뼛속까지 시린 거센 물살이 사정없이 소향을 휩쓸어 갔다. 백월산 장사가 앞뒤

가리지 않고 시냇물에 뛰어들었다. 용봉산 장사가 나뭇가지를 모아 모래밭에 불을 피웠다. 활활 타오르는 불꽃이 소향과 백월산 장사의 언 몸을 녹였다. 소향을 건져낸 대신 백월산 장사는 된 고뿔에 걸렸다. 하루, 이틀, 사흘이 지나도 자리를 털고 일어나지 못했다. 모래밭에 나갈 수 없었다. 기다림에 지친 용봉산 장사가 선언했다. 드디어 백월산이 기권했구나. 아니라면 왜 안 나오겠는가. 산도 들어 옮길 만큼 힘센 장사가 고뿔 따위에 걸리라곤 꿈에도 생각지 못했다. 소향도 그리 믿고 용봉산 장사와 혼례를 올렸다. 다음 다음날, 몸을 추스른 백월산 장사가 진노했다. 승부를 내지 않고 한 혼인은 반칙이다. 멀쩡한 나를 놔두고 그러는 것들은 인간도 아니다. 백월산 장사는 커다란 바윗덩이 하나를 용봉산으로 내던지며 외쳤다. 년이고 놈이고 용서 못 한다, 다 죽이겠다. 한내를 사이에 두고 백월산과 용봉산의 전쟁이 시작되었다. 집채만 한 바위가 용봉산으로 씽씽 날아가고, 구름덩이 같은 바위가 하늘을 가르며 백월산으로 날아왔다. 바윗덩이에 얻어맞은 땅이 펑펑 파이고 골짜기가 쿵쿵 무너져 내렸다. 천둥이 울고 비바람이 몰아쳤다. 사흘이 지나고 열흘이 지났건만, 승부는 갈리지 않았다. 한 달이 지나고 백일이 지났다. 어느 날, 문득 백월산 장사가 헛손질했다. 던질 바윗덩이가 없었다. 소스라쳐 정신을 차린 백월산 장사가 한내를 건너뛰었다. 용봉산 장사는 용봉산에 있었다. 집채만 한 바위에 깔려 갈가리 찢긴 채 죽어 있었다. 소향도 거기 있었다. 구름덩이 같은 바위에 맞아 깨진 몸뚱이에서 피가 흘렀다. 흘러내린 피에 봉우리와 능선과 골짜기가 빨갛게 젖었다. 참꽃이 무더기무더기 피어나 있었다. 거기에 봄이 와 있었다. 백월산 장사는 낙심했다. 절망에 빠졌다. 세상에 단 하나뿐인 맞수와 목숨을 내줘도 아깝지 않을 소향을 죽이다니, 얼마나 어리석은 짓이더란 말인가. 그러고 보면, 세상이란 아무런 의미가 없었다. 백월산 장사는 곡기를 끊었다. 굶었다. 죽었다. 백월산은 바위가 없고 용봉산은 온통 바위뿐인, 내력을 담아낸 전설이다.

  지붕에 기와를 얹은 토담은, 본채와 사랑채를 멀찌감치 감돌며 안뜰을 널따랗게 싸안고 있다. 토담은 쌓는 게 아니라 다져서 세운다. 양쪽에 두꺼운 널로 짠 든든한 벽을 버텨 세운 다음, 그 사이에 황토를 넣고 달구질을 거듭해 다지고 또 다진다. 그런 다음 위에다 기왓장을 덮는다. 그렇게 세운 토담이 천년을 버틴다. 오른쪽 모퉁이에 서 있는 족두리감나무를 지나면 뒤란이다. 돌계단을 높다랗게 쌓아 올린 장독대에서 항아리들이 옹기종기 해바라기하고, 그 옆에는 토광으로 쓰는 방공호가 있다. 방공호 입구에는 골담초 몇 그루가 서 있다. 오월이면, 가지가 휘어질 정도로 수많은 꽃이 주렁주렁 피어난다. 버선 모양의 곱다란 골담초꽃은 위쪽은 주황, 아래쪽은 연노랑이다. 멀리서 바라보면 영락없는 초파일 연등 행렬의 초롱불이다. 어른들은 생긴 모양대로 버선꽃이라고 부른다. 엄마는 뻐꾸기가 울 때를 기다렸다가 골담초꽃을 땄다. 함지박에 가득한 버선꽃에 쌀가루를 버무린다. 가마솥 뚜껑을 뒤집어 걸어놓고 전병을 부친다. 아삭아삭 달콤한 골담초꽃에 취해 잠이 들면,

아이들은 키가 쑥쑥 크는 꿈을 꾼다. 내가 꽉 찬 세 살이 된 건 바로 그 무렵에 태어났기 때문이고, 그 누구라도 토담을 넘으려면 장독대를 딛지 않고서는 안 되었다.

두 번째 그림은 입술이 새파랗게 질린 새댁, 성낙이 각시다. 오늘밤언 집을 비우는 게 좋을규. 우리 신랑 입에서 밤에 쳐들어온다는 말이 나왔구먼유. 애밴 년 맛은 으떤지 몰르겄다구, 막말을……. 작달막한 키에 눈 코 입마저 바짝바짝 모여 있어 가자미 낯짝처럼 오종종해 보이는 성낙이 각시는, 고무신도 없는 맨발에 부지깽이를 쥔 차림이다. 참, 광선이 아버지는 광에 갇혔을망정 삼시세끼 꼬박 챙기니께 걱정을 마시구유. 지는 이만 가보겄슈. 군불 지피다 말구 뒷담 넘어 달려왔느니께, 은제 찾을지 물러유.

성낙이네는 한달음에 닿는 이웃이다. 족두리감나무가 서 있는 쪽 토담 바깥은 마찻길이고, 거기서 가파르게 흘러내린 비탈 아래는 논배미들이 층층이 이어진다. 그런데 그 마찻길과 논배미 사이에 말굽버섯처럼 불쑥 돋아난 밭뙈기 한가운데에 성낙이네 기와집이 있다. 우리 집처럼 가마에서 구워낸 검정 기와가 아니고 시멘트에 색을 입힌 빨간 기와였다. 성낙이는 그 빨간 기와집에서 홀어머니와 둘이 산다. 아니, 초봄에 장가를 들어 셋이 산다. 형 둘은 차례로 성례한 뒤 제금났다. 큰형은 읍내에서 순사질을 하고, 작은형은 면사무소 옆 국민학교에서 소사를 한다. 성낙이 각시 친정은 건넛마을 김초시 집이다. 당사자가 초시인지 그 윗대가 초시에 급제했는지는 알 수 없지만, 벼슬에 걸맞게 도지사댁 아래에 놓여 있다.

몰락한 양반집에 딸만 둘이란다. 성낙이는 인사성 밝고 효심이 깊다. 막내아들이 홀어미 모시는 것만 봐도 알조라고 동네사람들이 입을 모은다.

세 번째 그림은 죽창을 든 성낙이의 핏발 선 눈이다. 광선아, 아부지 어디 기시냐. 대문을 타 넘은 성낙이 내게 애써 예사롭게 묻는다. 성낙이 뒤에는 건넛마을 청년 두 사람이 시늉으로만 죽창을 비껴들고 어정쩡하게 서 있다. 아버지는 농사일 말고도 동네일을 본단다. 그래서인지 모르지만, 한내마을에서 아버지 말에 토 달고 맞서는 사람은 아무도 없다. 성낙이는 동네 궂은일을 도맡아 한다. 동네일을 보는 것과 동네 궂은일 도맡아 하는 게 어찌 다른지는 알 수 없지만, 여느 때의 성낙이는 아버지 앞에 나서기만 하면 강아지가 주인 눈치 살피듯 슬슬 꼬리를 사린다. 맘씨 착한 성낙이는, 동네아이들에게 살갑고 자상하다. 팽이도 깎아주고, 연도 만들어주고, 큰물이 지면 한내를 업어서 건네준다. 나무하러 개산(가야산)에 갔다가 돌아오는 나뭇짐에는 아이들에게 나누어줄 으름이며, 돌배며, 머루며, 망개며, 사철 두고 줄줄이 매달려 있다. 도무지 그런 성낙이를 경계해야 할 이유가 있을 턱이 없다. 예사롭게 반말 대거리하고 나서는 건 당연하다. 저그 뒤란에, 방공호에 들앉아 계신디, 왜 그러는겨. 그날만은 성낙이가 전혀 성낙이답지 않다. 찬바람이 쌩, 하게 내 옆을 스쳐 토담 모퉁이를 돈다. 방공호 앞을 턱 가로막고는 왜장치는 소리를 내지른다. 광선이 아부지, 냉큼 나서시유. 일단 즈이 집까장 가보자니께유. 즈이 지집년과 무릎맞춤을 혀보지 않구년, 울엄니 지랄발광을 가라앉힐 수년 읍스니께유. 토광 문을 열고 나서면서 아버지가 홰홰 손사래를 친다. 오해여, 이 사람 성낙이, 오해라니께 그려. 아버지의 목소리는 평소답지 않게 허둥댄다. 나는 아버지 말만은 굳게 믿는다. 동네어른들도 내놓고 장담을 한다. 세상에 광선이 아부지가 그럴 리는 읍서. 아, 입은 비뚤어져두 말은 바루허랬다구, 자네 같으면 천하절색 겨치다 놔두구 천하박색 눈에 들어오겠는가. 선녀같은 광선이 엄마 놔두구, 원 말이 되넌 소릴 해야지. 아버지는 그래도 완장 찬 성낙이에게 끌려가고만다. 성낙이 어미 눈앞에서 천하박색 성낙이 각시와 무릎맞춤을 하러.

 삼팔선이 터지고 인공이 들어섰다. 삼촌은 여러 날이 지나도록 집에 들어오지 않았다. 왜놈들 시절에 전문학교를 다닌 삼촌이 인공에서 높은 자리에 올라 대처로 나갔다는 풍문이 돌았다. 확실한 것은 아니었다. 인공이 들어서기 전, 아버지는 동네일을 보고 성낙이는 동네 궂은일을 도맡아 했다. 인공이 들어서자 성낙이는 동네일을 보고 아버지는 뒤란의 방공호로 들어갔다. 성낙이 아버지는 일찍이 함흥 어딘가에 있는 공장에서 노동운동을 했단다. 왜놈들과 싸웠고, 젊은 나이에 감옥에서 죽었단다. 성낙이 어미는 혼잣손으로 두억시니 같은 아들 삼형제를 키워냈다. 억척이 여편네였다. 인공이 들어서게 되자 죽은 성낙이 아버지가 살아있는 성낙이에게 벼슬을 내렸다. 민중을 위해 목숨을 바친 영웅의 아들이라는 감투였다. 장가들고 반년도 안 된 성낙이가 뻐꾸기 울 때부터 완장을 차고 나서게 된 연유였다. 그렇더라도 동네사람들에게 성낙이는 여전히 인사성 밝고 효심 깊은 젊은이였다. 완장을 차긴 했어도 누구를 해코지할 위인이 못 되었다. 아이들에게 살갑고 어른 공경하는 젊은이였다. 그렇더라도 수상하게 돌아가는 시절이었다. 동네사람들은 차차 성낙이를 앞에서 칭찬하고 뒤에서 따돌렸다.

 네 번째 그림은 슨장밭으로의 달음질이다. 아니, 돼지가 우리에 잘못 날아든 닭 덮치는 소리다. 엄마는 혼자서 콩밭 매러 슨장밭에 나가고, 느닷없이 배탈이 난 아버지는 사랑방에 누워 있다. 심심해진 한낮, 나는 족두리감나무에 매달린 그네에 걸터앉아 다리를 흔들고 있다. 얼핏, 대문을 들어서는 새댁, 성낙이 각시가 눈길에 스친다. 어여 들어와. 이어서, 은근하게 가라앉은 아버지 목소리가 사랑방 문지방을 타 넘는다. 문 여닫히는 소리가 들리는가 싶더니 후다다닥, 돼지우리에 날아든 닭 덮치는 소리가 들려온다. 얼떨결에 그네에서 뛰어내리기는 했지만, 내 깜냥으로는 어째 볼 수가 없다. 엎친 데 덮친 격이랄까. 방안에서 아구우우, 아구구구, 닭 모가지 비틀 때 나게 마련인 숨넘어가는 소리까지 흘러나온다. 마루로 올라가 문을 열어볼 수도, 왜장쳐 물어볼 수도 없다. 나는 휙 돌아선다. 단숨에 대문을 타 넘어 슨장밭을 향해 내뛴다. 얼마큼이나 달렸을까. 키를 덮을 만큼 웃자란 콩밭에서 엄마가 허리를 펴고 불쑥 일어선다. 머릿수건을 풀어 땀을 훔치다 말고 헐레벌떡 달려오는 나를 발견한 듯, 팔을 둥그렇게 내두른다. 천천히, 넘어지지 말고 오라는 신호다. 내가 숨 가쁘게 외친다. 엄마, 새댁이, 아버지

사랑방 들어갔어. 그런데 방안에서 돼지우리서 닭……. 뭐라고? 내 목소리가 답답해진 엄마가 콩밭에서 나오더니 마주 달려오며 되묻는다. 엄마, 새댁이, 성낙이 각시가, 아버지 사랑방 들어갔어. 그런데 안에서 닭 모가지……. 뭐라고? 엄마가 외마디 소리를 내지르며 호밋자루 팽개치고 곧장 내닫는다. 나는, 내가 뭔가 큰 잘못을 저지른 듯싶어 기가 팍 죽는다. 제풀에 복받치는 설움으로 훌쩍거리면서 집을 향해 터벅터벅 걷는다. 내가 채 닿기도 전, 우리 집 대문 앞에 동네사람들이 하얗게 모여 있다.

슨장밭이 뭐여. 물었을 때, 성낙이가 내가 태어나기 훨씬 전의 얘기를 들려줬다. 광선아, 얘야. 왜놈들 시절에 한내에 금점판이 들어슨 적이 있단다. 집채만 헌 사금 캐넌 배가 저그 당진서부텀 삽교천 물을 타고 저그꺼정 들왔단다. 집채만 헌 크다란 배가 제우 광선이 너만 헌 애들 허리나 찰까싶은 한내에 떠서 금을 캔다니께 도무지 믿기지 않지? 흐지만 사금 캐는 배는 쉬잖구 개울바닥 모래를 퍼서 크다란 둠벙을 맨들어놓구, 그 둠벙 물루 퍼낸 모래를 일궈서 사금을 모으는 거란다. 그러니께 아페 모래 파먹고 게서 사금을 빼낸 담엔, 찌꺼기 모래를 뒤로 싸지르넌기다. 그러케 아주 쬐끔씩 아피루 나가넌 사금 캐넌 배가 저그 한내까지 들왔다가, 똑 겉은 모양으루 개울바닥에 둠벙을 파믄서 되짚어 나간 담에, 냉겨논 모랫데미가 바로 슨장밭이다. 올이넌 광선이 느이 아버지가 거그다가 콩을 심었더라. 형을 성이라 허드시 사금 캐넌 현장에 맹그러진 현장밭을 선장밭이라고 부르넌 거이고, 그게 또 지내다보니께 장이 선다는 말을 장이 슨다고 말허드시 선장밭을 슨장밭이라고 허게 된 거란다. 이를테면, 일제시대 당진서부터 사금채취선이 개울을 파헤치며 들어와 한내에서 사금을 캤으며, 그때 버려진 모래더미가 슨장밭이 되었다는 경위였다.

다섯 번째 그림은 혼례식이다. 정월, 텅 빈 김장밭에 차일을 쳐 하늘을 가리고 초례청을 세운다. 한내 건넛마을 김초시네 초가집 앞 텃밭이다. 무 뽑아낸 자리에 숭숭 구멍이 뚫린 그대로 그날은 앞마당이 돼버린다. 성낙이가 조랑말을 타고 한내를 건너온다. 성낙이는 덩치가 크고 조랑말은 송아지만 하여 언제 무릎을 꿇어버릴까 싶게 위태위태하다. 성낙이가 기럭아비 인도를 받아 김초시네 초가집 사립으로 들어서서 나무기러기를 상에 올려놓고 장모 자리 김초시댁에게 두 번 절한다. 김초시댁이 기러기를 안고 방으로 들어간다. 연지곤지 찍고 족두리 쓴 각시가 들러리 부축을 받아 방에서 나오고 놋대야 물에 손을 씻는다. 신랑 인물이 훨씬 낫구먼. 그려, 신부는 키도 쬐끄만허고 얼굴 생김새도 가재미처럼 오종종허구먼, 욕심이 굴뚝같은 여편네 성낙이 에미가 워찌 혼사를 받아들인 건지 몰르겄네. 에잇, 사람들허군. 존 날에 덕담은 못헐망정 흠잡을 일은 뭔가그래. 건넌말이래두 한동네 혼산디, 어릴 적부텀 서루 다 알구 지낸 사이 아닌감. 뒷줄에서 수군대는 말이 아니라도 각시 쪽이 한참 기우는 혼사가 분명하다. 그러거나 말거나 각시가 초례청에 서더니 신랑에게 큰절을 두 번 한다. 양쪽에 들러리가 붙어 부축하건만 금방 넘어질 듯 불안하다. 마주 선 신랑이 답례로 한 번 절한다. 신랑 성낙이는 부축해주는 사람이 없어도 씩씩하고 활달하기만 하다. 각시가 또 두 번 절한다. 신랑이 또 한 번 절한다. 신랑 성낙이가 표주박이 넘치게 따라주는 술을 반쯤이나 마시고 들러리에게 넘긴다. 각시가 그 표주박을 받더니 시늉으로만 마시는 척하고 다시 들러리에게 넘긴다. 신랑과 각시가 부모와 하객들에게 드리는 절을 끝내자, 누군가가 초례상 위에서 눈 두리번거리며 구구거리던 닭을 풀어서 날려 보낸다. 후두두둑, 땅으로 떨어지는 닭의 날갯짓 소리 다급한데 때맞춰 싸락눈이 풀풀 날린다. 날 궂는 걸 보니 며느리 감때사나울 모양이다. 시어미자리인 성낙이 어미가 쇳소리로 생짜를 놓는다. 몰락한 양반 김초시의 가세는 위태롭게 서 있는 초가삼간처럼 보잘것없으니, 집칸이나마 번듯한 걸 가진 유세 떠느라 그런다고 어른들이 수군거린다. 아녀유, 오늘 밤 생겨날 엄니 큰손자가 큰 인물 될 징조여유, 비윗장 좋은 새신랑 성낙이가 어미 말을 냉큼 받아 이기죽거린다. 효심 깊기로 소문난 성낙이지만, 장인장모자리 마주보기 면구스러웠던 모양이라고 어른들이 또 구시렁거린다. 그려, 성낙이 자네 각시 엄청 이쁘다구, 하늘님이 선물로 내려주시는 눈발이 분명하구먼. 아버지가 끼어들어 어색한 판을 쓸어 덮는다. 한내마을에서는 아버지 말에 대꾸하고 맞설 사람은 아무도 없다.

 첫 기억의 뿌리는 여기까지다. 그러니까 시간의 흐름에 따라 줄을 세우자면, 내 첫 기억의 첫 장면은 성낙이의 혼례식이어야 마땅하다. 생애의 첫 기억이 설득력을 갖추자면 거기서부터 다시 줄을 세워야만 한다. 그해 정월에 성낙이의 혼례식이 있었다, 초여름에 성낙이 각시가 아버지 사랑방에 들어갔기 때문에 내가 슨장밭까지 달음질쳤다, 한여름에 죽창을 든 성낙이가 방공호에 숨어있던 아버지를 데려갔다, 입술 새파랗게 질린 성낙이 각시가 엄마에게 피하라는 말을 해주려고 맨발로 달려왔다, 엄마와 내가 토담을 타 넘었다……. 그런데 나는 왜 그 기억의 첫머리에서 토담을 넘는 모습부터 떠올리곤 하는 것일까. 집을 버린다는 게 충격이었을까. 대수롭잖은 소유물들, 족두리감나무에 매달린 그네라든지 책상서랍에 넣어둔 팽이나 쇠구슬, 딱지 따위 장난감이 못미더웠을까.

나는 무너진 둑에서 올라온다. 내 생애 첫 기억의 정체는 무엇인가. 고개를 갸웃거리며 고향집으로 달려간다. 용봉산에 오른다. 팔부능선에 있는 최영 장군 활터에서 멀리 대흥산 아래 금마 쪽을 바라본다. 젊은 시절, 장군은 그곳에서 대흥산을 향해 활을 쏘고 말을 달렸다. 찬란한 금빛 갈기를 휘날렸으므로 장군의 말 이름은 금마였다. 장군이 대흥산 아래에 도착할 때까지 화살이 날아오지 않았다. 화살이 먼저 지나갔다고 판단한 장군은 단칼에 금마의 목을 베었다. 그 순간 피융, 화살이 귓전을 스쳤다. 장군은 자신의 사려 깊지 못함을 후회하면서, 그 자리에 금마를 파묻었다. 그로부터 그 땅 이름이 금마가 되었다. 나는 용봉산에서 내려와 옛집이 내려다보이는 보패재에 오른다. 옛날 늙고 병든 어미를 돌보느라 애태우던 효자가 보패를 주워 약을 구했다는 고개다. 나는 고갯마루에 퍼

질러 앉았다가 한 바퀴 뒹굴어 본다. 어린 시절의 기억을 몸뚱이로 문질러보고 싶다. 커다란 돌멩이로 발등을 내리찍고 싶다. 아아, 첫 기억의 뿌리가 거기에서만 멈췄더라면, 엄마와 내가 토담을 타넘어 용봉산 솔숲으로 스며드는 데서 끝났더라면.

첫 기억을 시간의 흐름에 따라 다시 줄을 세운 다음, 기억이 다음으로 이어지는 게 괴롭다. 성낙이네 토광에 갇혀 있던 아버지가 집으로 돌아왔다. 엄마와 내가 용봉산 솔숲에서 나와 집에 온 다음 다음날 해 질 녘이었다. 그보다 앞서 사건이 있었다. 거듭되는 시어미자리의 닦달과 무릎맞춤에 진저리가 난 성낙이 각시가 안뜰 우물에 몸을 던졌다. 가뭄 끝이라 우물물이 얕았다. 성낙이 각시는 무사했고, 아버지의 혐의도 풀렸다. 두 손 든 시어미자리 성낙이 어미가 동네사람들에게 말했다. 우리 며늘애기, 오죽이나 억울했음 우물에 뛰어들었을까.

무더위가 한풀 꺾인 초가을의 어느 날, 아버지는 다시 방공호에 숨었다. 엄마는 아버지 풀려난 게 반가운지 슬픈지 내색하지 않았다. 자신이 왜장쳐 동네사람들 불러 모아 잡혀가게 했던 아버지가 숨은 방공호로 꼬박꼬박 끼니를 날랐다. 읍내에 주둔한 인민군이나 타동네 사람 눈에만 띄지 않으면 방공호는 안전했다. 엄마도 그리 생각하고 나도 그리 믿었다. 며칠 뒤, 죽창을 비껴든 성낙이가 또 찾아왔다. 광선아, 아부지 어디 기시냐. 대문을 타 넘은 성낙이 내게 애써 예사롭게 물었다. 낯선 청년 둘이 뒤에 어정쩡하게 서 있었다. 성낙이가 제 손으로 풀어준 아버지를 다시 잡아갈 리 없었다. 경계해야 할 이유가 있을 턱이 없었다. 반말 대거리하고 나서는 건 당연했다. 저그 뒤란에, 방공호에 들앉아 계신디, 왜 그러는겨. 이번에는 성낙이를 제치고 청년들이 앞으로 내달았다. 끌려 나온 아버지 얼굴이 새까맣게 죽어 있었다. 아버지는 손을 내젓지도, 아니라고 발뺌하지도 않았다. 영문 몰라 멍하니 서 있는 내게 다가와 머리를 한 번 쓰윽, 쓰다듬고는 휘적휘적 대문 밖으로 걸어 나갔다. 여보, 여보……. 목이 메어 갈라 터진 엄마 목소리를 뒤로하고 한내를 건넜다. 눈앞이 흐릿해지면서 용봉산 자락에 바람꽃이 뽀얗게 피어올랐다. 후둑, 후두둑. 성긴 빗방울이 파초잎을 두드리며 빗금을 긋고, 뒤따라 한바탕 소나기가 퍼부었다. 나의 가슴 속 비는 지금도 빗금을 긋는다. 후둑, 후두둑.

2. 미륵을 부르는 봄

그해 겨울은 시작이 따로 없었다. 성긴 빗방울이 파초잎을 두드리며 빗금을 긋던 그날부터 겨울이었다.

한여름부터 건넛마을 도지사댁 문지방을 겨울바람이 무시로 넘나들었다. 삼팔선이 터졌다는 소문이 마을에 닿던 날, 도지사댁 장자인 혜영이 아빠는 행랑아범들을 닦달하고 나섰단다. 미닫이문 여닫이문 가리지 말고 부엌문에 대문까지 몽땅 뜯어내어 바깥마당 한가운데에 쌓아라, 불을 질러라.

그 많던 세간은 동네방네 돌아가며 빼돌리고 감추고 파묻고 나눠줬단다. 초토작전이라던가. 한내 건너 용봉산 기슭에 새로 문을 연 용봉분교 선생님 하나가 말했단다. 나폴레옹이 모스크바를 점령했으나 러시아의 초토작전으로 패퇴했다던가. 도지사댁이 아마도 그걸 흉내 낸 모양이라고. 그렇듯 집안을 텅 비워놓고 솔가하여 피란을 떠났으니, 한여름에도 겨울바람이 집안을 온통 휘젓고 돌아칠 것은 정한 이치라고.

그뿐 아니었다. 아랫집 대상(정씨)은 인민군들 앞에서 장도칼로 배를 갈랐고, 동막골 염가는 청년단 죽창에 찔려 죽었으며, 무싯골 최가와 한티골 박가와 소색골 김가는 굴비두릅처럼 엮인 채 줄줄이 잡혀갔다. 찬바람이 불고 인민군이 사라진 다음에는, 여름 한철 완장을 차고 분주하던 성낙이와 그 패거리들까지 모래밭에 눈오줌처럼 흔적도 없이 사라졌다. 삼동네에 제대로 된 사내의 씨가 말랐다고 했다.

아버지가 끌려간 다음 다음날이던가, 수덕사의 견성암 여승 둘이 불쑥 대문을 밀고 들어섰다.

우리 집은 백월산의 발치, 용봉산의 턱밑이었다. 원래 용봉산 넘어 덕숭산 중턱의 수덕사 아랫동네 빗기내[斜川里]에서 살던 할아버지가 어느 날 이사를 해야겠다고 작심했는데, 겨우 십 리 남쪽의 한내[洪川]를 건넜을 뿐이라던가. 수덕사에서 홍성읍내 오가는 지름길, 딱 중간의 길갓집이었다. 할아버지는 만공스님이 출가하던 14세에 태어났으나 세상을 등질 때는 한두 해 사이로 뒤따르셨으니, 만공스님의 법랍 62세에 맞춘 짧은 생애였단다. 자연히 우리 집은 탁발에 나선 수덕사 스님들이 홍성읍내 오가는 길에 냉수 사발로 해갈하는 다리쉼터였다.

나는 엄마 뱃속에서부터 스님들의 이런저런 설법에 귀 기울이며 자란 셈인데, 그날 여승들이 엄마를 위로한답시고 펼쳐놓은 설법도 그중 하나였다. 바람을 버릴 테냐, 무겁다는 생각을 버릴 테냐.

경허스님의 제자 중에서도 달 셋으로 꼽히는 큰스님이 수월, 혜월, 월면이었다네. 만공스님이 서산 천장암에서 출가할 때 경허스님에게 받은 이름이 월면이라네. 그중 조금 나이 들어 뵈는 여승이 그렇게 말문을 텄다.

마루 끝에 엉덩이를 걸치고 있던 내가 궁금증을 참지 못하고 촉새처럼 삐쭉, 나섰다. 근디, 달 셋이 뭐래유. 조금 나이 젊어 보이는 여승이 덧니를 활짝 내보이며 웃고는, 쉬운 말로 찬찬히 풀어냈다. 한자로 달월 자가 들어 있는 스님 세 분을 가리키는 말이란다. 수월스님, 혜월스님, 월면스님, 세 분 다 이름에 달월 자가 들어있지 않으냐. 내가 알아들었다고 고개를 끄덕이자 나이 든 여승이 말을 이었다.

월면스님이 스물두 살이던 어느 날, 아침 일찍부터 스승 경허스님과 함께 탁발을 나섰다지. 그날따라 시주를 아주 많이 받았다네. 처음엔 기분이 아주 좋았건만, 먼 길을 걷다 보니 무게를 이기기 어려웠다지. 천장암으로 돌아가는 해 질 녘이 되자 월면스님은 녹초가 돼버렸다네. 다리 아픈 것은 고사하고 바랑 끈이 죄는 통에 어깻죽지가 빠져나갈 지경이었다지. 그렇건만, 어찌 된 셈인지 경허스님은 피곤한 기색 없이 성큼성큼 걸어 자꾸만 거리가 멀어지고 있었다네. 그렇더라도 젊은 제자가 먼저 스승님께 쉬자고 청하기 어려워 참고 참았다지. 그러다가 끝내, 아이고 나 죽겠네. 아이고, 스승님 스승니임. 월면스님이 볼멘소리를 내지르고 말았다네.

여승의 말은 몇 마디 앞으로 나아가지 못했건만, 듣는 내가 숨이 찼다. 월면스님의 바랑이 내게 얹힌 듯 가슴이 답답하기만 했다. 그렇거나 말거나 여승은 표정 하나 바꾸지 않고 이야기를 끌고 나갔다.

어서 오지 않고 왜 부르느냐. 아이고, 스승님. 제발 쉬었다 가십

시다요. 예. 다리도 아프고 어깻죽지가 찢어질 것 같습니다요. 원, 녀석. 뭔 엄살이 그리 심할꼬. 그토록 조르는데도 경허스님은 받아 줄 기색을 안 보였다네. 실망한 월면스님은 아예 바랑을 길바닥에 내려놓고 주저앉으면서 한 번 더 내질렀다지. 시주를 너무 많이 받아 무겁습니다요. 그러자 경허스님이 정색하고 물으셨다지. 바랑이 무겁다고 했느냐. 예, 스승님. 그러면 한 가지를 버리면 될 것 아니냐. 예. 바랑을 버리든지, 무겁다는 생각을 버리든지, 한 가지를 버리면 될 것을 왜 끙끙댄단 말이냐. 경허스님의 말씀에 월면스님은 길바닥에 부려놓았던 바랑을 왈칵 움켜 안았다고 하네. 아이고, 스승님. 이 귀한 시주물을 어찌 버리라고 그러십니까. 그럼 어서 짊어지고 가자. 아, 어서 와. 경허스님은 또 휘적휘적 앞장서 걸었다네.

스님, 그런디 시주물이 뭐래유. 이번에도 내가 톡 튀었고 젊은 여승이 받았다. 시주물이란, 스님들이 집집마다 다니면서 복을 빌어주고 받은 곡식을 말하는 거란다. 거기에는 쌀두 있구 보리두 있구 콩이나 팥 같은 잡곡두 있단다. 그러니까 부처님께 바치는 물품을 시주물이라구 한단다. 나이 든 여승의 이야기가 곧장 이어졌다.

아이고, 스승님. 그렇다고 혼자 가시면 어떡합니까요. 예. 저기 마을 앞까지만 가면 무겁지 않게 해줄 테니 어서 오너라. 그러자 월면스님은 마을 앞까지만 가면 무슨 좋은 수라도 생기는가 싶어 부리나케 경허스님을 뒤쫓았다네. 한참을 걸어 마을 앞 우물을 지나게 되었다지. 마침 물이 가득한 물동이를 인 젊은 아낙네가 마주

오고 있었다네. 그때 앞서가던 경허스님이 느닷없이 그 젊은 아낙의 얼굴을 감싸 쥐고 입을 맞추더니, 냅다 뛰어 달아났다지. 에구머니나. 와장창, 이고 있던 물동이는 땅에 떨어져 박살이 나고 젊은 아낙은 혼비백산하여 앙칼진 비명을 내질렀다네. 저, 저놈 잡아요. 저놈 잡아.

내가 벌떡 일어섰다. 무엇을 어쩌자는 것은 아니었다. 다만, 어찌나 실감 나게 이야기를 풀어내는지 누가 괴춤을 잡아채는 듯싶었다. 엄마가 가만히 고개를 끄덕여서 나를 주저앉혔다.

월면스님은 그제야 눈앞의 사태를 알아차리고 정신없이 내달리기 시작했다지. 들판에서 일하던 농부들이 괭이와 삽을 들고 고래고래 소리 지르며 쫓아오고 보니, 앞서 도망친 경허스님 부를 경황도 없었다고 하네. 얼마나 달렸을까. 산마루에 당도하니 해는 이미 기울어서 땅거미가 내려앉는데, 숨길이 끊어질 듯 가쁜 가운데서도 부아가 치밀었다지. 도대체 스승님이 왜 그런 짓을 했는지 영문도 모르는 채 도망치기 바빴으니 말이야. 그러나 고개를 다 넘도록 경허스님이 보이지 않자 마을사람들에게 붙잡혀 곤욕이라도 치르는 건 아닌지, 은근히 걱정되었다네. 바로 그때였네. 수풀 속에서 뭔가 앞으로 쑥 뛰어나왔다지. 으악. 월면스님이 기겁하며 뒷걸음질을 쳤다네. 헛허허허. 너 용케 붙잡히지 않고 도망쳐 왔구나. 핫하하하. 체구가 장대한 경허스님이 어깨를 들썩거리며 유쾌하게 웃어젖혔다네.

여승이 우뚝 이야기를 멈추더니, 엄마와 한참이나 눈길을 맞추고 나서 이어갔다.

 아이고, 스승님. 놀랐습니다요. 대체 그게 무슨 망측한 짓입니까요. 그래 내가 몹쓸 짓을 하기는 했다. 그런데, 너는 죽어라 도망칠 때도 바랑이 무겁더냐. 예, 바랑이요. 정신없이 뛰느라 있는지 없는지도 몰랐는데요, 스승님. 그것 봐라. 무겁다느니 괴롭다느니 그런 건 다 마음의 장난이니라. 예에.

 여승이 이번에는 눈을 지그시 감고 숨고르기를 한 다음 앞으로 나아갔다.

 풀벌레 소리를 헤치며 남은 밤길을 줄이는 동안 경허스님이 문제를 내었다네. 이제 또 이리 걸어가니, 바랑이 무겁겠구나. 아니올시다. 이젠 바랑이 무겁지 않사옵니다. 거 참 이상한 일이로구나. 곡식이 그대로 들어있거늘, 지금은 왜 무겁지 아니한고. 월면스님은 한참이나 머뭇거린 다음에야 막혔던 말문을 텄다고 하네. 제가 미처 깨닫지 못했습니다, 스승님. 그래. 무겁다고 소리치던 놈, 쉬었다 가자는 놈, 잡히면 죽으니 도망치라던 놈, 걸음아 날 살려라 도망쳐 온 놈, 그놈들이 대체 몇이더냐. 그놈들의 정체는 또 무어더냐. 그, 그건 하나입니다, 스승님. 그리고 마, 마음이옵니다. 그 월면스님이 훗날의 만공스님이라네.

 거기에 이르러 이야기가 끝나기를 기다렸다는 듯, 젊은 여승이 넌지시 엄마에게 다짐을 두었다. 시주님도 광선아버지 돌아오실 때까지 꾹 참고 기다리시오. 정히 힘이 들거든, 힘들다는 생각은 저기 용봉산 중턱 미륵부처님 앞에다 부려놓고, 광선이 크는 거 바라보며 하루씩 살다 보면 좋은 날이 반드시 올 것이오.

　여승의 설법은 제법 재미가 있었지만, 내 깜냥으로는 뜻을 다 헤아리기에 벅찼다. 하지만 알 수 있는 데까지는 알아봐야 했다. 또 묻고 나서지 않을 수 없었다. 수덕사 대웅전에 앉어기신 건 석가모니부처님이라구 허던디, 미륵부처님은 또 누구시래유. 내가 묻고 젊은 여승이 대답했다. 부처님은 한 분이 아니라 여럿이 계시는데, 아미타부처님두 계시구, 석가모니부처님두 계시구, 관세음보살님두 계시구, 미륵부처님두 계시구, 모두가 중생을 제도하시는 부처님이란다. 그중에도 석가모니부처님은 현세, 그러니까 지금 세상을 다스리는 부처님이시구, 미륵부처님은 석가모니부처님이 입멸하신 다음에 이 세상에 내려와 중생을 제도하시는 부처님이시란다. 입멸은 또 뭐래유. 스님이 돌아가시는 걸 입적이라고 하는데, 부처님의 경우에는 입멸이라고 한단다. 그럼 죽는다는 말이랑 같은규. 그렇다고 할 수 있지만, 사람이 죽는 것 하고는 뜻이 많이 다르단다. 중생을 제도헌다는 말은 뭐래유. 이 땅에서 고통을 받는 사람들을 깨닫게 해서 구원해준다는 뜻이란다. 그럼 왜 미륵부처님은 석가모니부처님이 돌아가신 다음에야 오신다는규. 두 분 부처님이 힘을 합쳐서 중생을 제도허문 훨씬 쉽지 않겠슈. 석가모니부처님은 더러움이 가득 찬 세상의 중생을 제도하기를 바라셨으므로 죄악이 많은 인간세계에 내려오셨지만, 미륵부처님은 착하고 복된 중생을 제도하기를 바라셨으므로 모든 죄악이 사라진 용화세상에 내려오시게 된단다. 용화세상은 또 뭐래유. 미륵부처님이 내려오시는 세상이란다. 그때에 이르면 세상에 곡식이 풍족하고, 살림이 번성하며, 온갖 보배가 다 나타나고, 모든 동네가 서로 연결되어 닭의 소리가 서로 들리며, 기후가 화창하고, 사철이 순조로우며, 사람의 몸에 병이 없고, 욕심을 내거나 성내고 미워하지를 않고, 어른이나 젊은이가 공경하고 사랑하며, 서로 보면 기뻐하고, 의복과 음식이 풍족하게 된단다.

엄마는 용봉산 미륵부처님을 찾아 나서기도 전에, 우리 집에서 쫓겨나고 말았다. 마을에 주둔한 인민군이 성낙이를 앞세우고 들이닥쳐 우리 집을 차지했다. 단 두 식구에 큰 집이 무슨 소용인가. 비어 있는 산지기 집으로 가라. 넓고 좋기야 도지사댁이 그럴듯했지만, 문짝이 하나도 없고 보니, 사통팔달 길이 트여 있는 우리 집을 자기네들 본부로 삼겠다는 심보였다. 뒷산 기슭에 웅크린 산지기 집은 오래전부터 빈집이었다. 마당 안팎으로 쑥대가 키를 넘겨 우거졌고, 묵은 초가지붕은 삭아 내려앉았으며, 문짝은 마구 뒤틀렸다. 구들장도 무너져 불을 땔 수도 없었다. 여름철엔 뱀과 두꺼비가 기었고, 겨울에는 여우와 삵이 예사로 드나들었다. 때가 가을이고 보니, 닥쳐올 겨울에는 얼어 죽으라는 소리나 진배없었다.

이웃으로 살아온 정리가 있는지라, 성낙이가 거처를 주선했다. 한내 건너 용봉산 아래, 새로 들어선 용봉분교 뒤편에 있는 아담한 초가였다. 면소재지 국민학교 소사로 있다가 피란을 떠난 성낙이 작은형의 집이었다. 크기는 우리 집 절반도 안 됐지만, 양지바르고 정갈한 게 사람이 살만했다. 덕분에 그때까지만 해도 먹고사는 일은 불편이 없었다. 식량도 땔감도 눈치 살펴 가며 성낙이가 날라다 줬다. 제 집 멀쩡하게 놔두고 쫓겨나 남의집살이할망정, 불어오는 칼바람의 날은 아직 무디었던 셈이다.

 그나마도 한 달 남짓이었다. 추석 지나고 사흘이나 지났을까 싶은 어느 달밤. 불이야, 불이야. 한내를 건너서 들이닥친 고함 소리가 엄마를 흔들어 깨웠다. 하필이면, 우리 집에 불이 났다고 했다. 내 손을 잡고 뛰고, 업고 뛰고, 엄마는 내달렸다. 마당가에 둘러선 동네 아낙들과 조무래기들의 얼굴에 얼비친 불꽃이 할랑할랑 귀신 춤을 추어댔다. 불은 마당 한가운데서 신나게 타오르고 있었다. 흐웃, 도지사댁처럼 문짝이란 문짝은 다 떼어다 불을 질렀네그려. 인민군 놈들이 줄행랑을 놓으면서 흉내를 내도 더럽게 못된 흉내를 냈네그려. 아랫집 데상댁이 등에 업힌 나를 받아 내리며 탄식을 내뱉었다. 그래두 집에 불을 지르지 않은 것만두 워디여, 이 사람 광선에미야, 마음을 그리 다잡구 정신을 채려야지 어쩌. 성낙이 어머니가 엄마의 손을 틀어잡고 흔들었다. 그랬다. 대문, 부엌문, 광문, 바깥문, 미닫이문 할 것 없이 문짝이란 문짝은 다 떼어낸 집 안팎으로 불꽃의 그림자들이 날름날름 휘젓고 돌아쳤다. 엄마는 불더미 속으로 무너져 내리는 문짝처럼 그 자리에 퍽, 주저앉았다.

 마을에 사내라곤 찾아볼 수 없었으므로, 대문도 방문도 문짝을 짜 맞출 수 없었다. 전쟁 중이라 읍내에 나가본들 별수 없으리라는 게 사람들의 의견이었다. 추석이 닥쳤어도 아버지 소식이 없는 데다가 성낙이마저 어디론가 사라졌으므로, 엄마는 우리 집으로 돌아올 수 없었다. 인민군이 물러갔어도 여전히 전쟁 중이었다. 해동을 허구 둘째가 피란에서 돌아올 때까장은 그냥 게서 지내도록 혀. 성락어미 말이 아니더라도 달리 뾰족한 대책이 없었다. 이쪽 집에도 저쪽 집에도 쌀독은 바닥을 긁었다. 어쨌든 아버지 돌아올 때까지는 질긴 목숨 이어가야만 했다. 그러자면, 덜 여문 벼이삭 훑고 절구질해서 양식을 만들어야 했다. 이쪽 집에도 저쪽 집에도 장작더미나 삭정이 같은 땔감은 남아있지 않았다. 뒷산을 헤집어 삭정이를 모아들이고 볏짚을 끌어들여야 했다. 제 집 멀쩡하게 놔두고 하는 남의집살이는 아퀴가 맞지 않고 겉돌았다. 야무지기로 소문이 났던 엄마의 손끝도 자주 허술해졌다. 동네사람들도 마찬가지였다. 여름 장마에 떠내려간 한내의 징검다리조차 손보지 못하고 있었다. 한내를 건너 우리 집 오가자면 허벅지까지 발을 적셔야 했다. 하루하루 추워지는 날씨에 냇물에 허벅지 적셔가며 간장 된장 퍼 나르는 것만도 예삿일이 아니었다.

거름도 못 내고, 제대로 가꾸지 못했으니 가을걷이도 변변찮았다. 제멋대로 자란 벼 포기는 제철을 맞아 누렇게 익어갔건만, 막상 이삭에 달린 낱알의 숫자는 평년의 반의반도 안 된다고 했다. 그나마 피사리를 못 했으니 벼 반, 피 반이었다. 낫으로 베어 탈곡하잘 것이 없었다. 실상은 그것만도 아니었다. 벼 포기가 누렇게 변하기 전부터 너도나도 논배미로 들어가 손으로 이삭을 훑어 들이던 판이었다. 마을에 주둔했던 인민군과 낙오병들에게 양식을 빼앗겨 집집마다 쌀독이 텅 빈 탓이었다. 전답 대부분이 피란지에서 돌아오지 않은 도지사댁 소유였다. 소작농이 대부분인 동네사람들로서는 소작료 낼 걱정을 덜었다는 게 고마울 뿐이었다.

엄마는, 우리 논 벼 훑어 들이는 일만으로도 벅차고 막막했다. 엄마 치마꼬리에 달라붙어서 나도 열심히 이삭을 훑었지만, 유령개미 개떡 물어뜯기였다. 그나마 단단히 여물지 않은 벼이삭은 솥에 쪄서 말려야 했다. 그래야만 절구질에 바스러지지 않고 쌀 모양을 지니게 마련이었다. 엄마와 나의 추수는 싸락눈이 하얗게 들판을 덮칠 때까지, 엄마 손바닥이 발바닥처럼 굳은살이 박이고 마른 논바닥처럼 갈라 터질 때까지 이어졌다.

가을걷이가 벼를 훑어 들이는 것만으로 끝나는 게 아니었다. 벼를 말려 뒤주에 갈무리하는 게 다가 아니었다. 절구질하고 뉘를 가려 쌀을 만드는 게 다가 아니었다. 밭곡식도 거둬들여야 했다. 무 배추를 뽑아서 김장도 담가야 했다. 쏘시개용 삭정이나 볏짚을 모으고, 땔감용 나무도 베어야 했다. 긴긴 겨울 동안 치마꼬리를 잡고 옮겨 딛는 엄마의 뒤꿈치에 걸려 비틀대는 나는, 갈 데 없는 애물단지였다.

겨울바람이 그토록 혹독한 건 어디론가 끌려간 아버지 탓이었다. 아버지를 끌어간 인민군 탓이었다. 인민군을 앞세워 찾아온 성낙이에게 장독대 옆 토굴을 가리켰던 내 손가락 탓이었다. 설 쇠고 먹은 다섯 살, 속은 빤해도 나는 철부지였다.

바람이 불고 눈보라가 날렸다. 아침이면 등허리에 얼음조각이 꽂히는 듯싶어 잠에서 깨어나곤 했다. 요 밑으로 손을 찔러보면 구들장이 얼음장이었다. 아침에 눈을 떴을 때 등허리가 따뜻하던 우리 집 안방이 그리웠다. 동네 머슴들이 모여들어 왁자하던 문간방에서, 흩어질 때면 으레 주고받던 말이 있었다. 그만들 일어나세, 부지런한 개가 더운 똥 먹는다잖남. 그 말처럼 부지런한 머슴들이, 첫새벽부터 쇠죽도 쑤고 군불도 지펴 밤새 싸늘해진 온 동네의 구들장들을 따끈하게 데워놓지 않았던가. 그렇더라도, 일일이 불평을 늘어놓을 형편이 아니라는 건 나도 알았다. 부스스 눈 비비고 일어나 봉창에 덧댄 쪽유리에 눈을 가져다 대면, 장독대에 눈이 소복하게 쌓여 있곤 했다.

문을 밀고 나서면 매운 연기가 뭉텅이로 달려들었다. 엄마는 아침부터 아궁이에 생솔가지를 때었다. 땔감이 떨어졌으니 급한 대로 가까운 용봉산 기슭에서 소나무 가지를 베어다 땔 수밖에. 하지만, 생솔가지는 애써 불을 붙여도 잎사귀만 화르르 타버리고 금세 꺼져버렸다. 얼어붙은 솔잎에는 불이 붙어도 젖은 나무에는 좀처럼 불이 붙지 않았다. 그렇건만, 솔가지조차 미리미리 챙겨둘 수 없었다. 그때그때 눈구덩이를 헤치고 얼어붙은 가지를 베어 와야만 했다. 엄마의 눈두덩은 겨우내 퉁퉁 부르텄다. 눈물로 발등을 적셔가며 겨우겨우 불을 붙여도, 생솔가지 아궁이에 밀어 넣을 때마다 연기가 뭉텅뭉텅 쏟아져 나오곤 했다. 나로서는 엄마의 눈물이 연기 때문인지, 아니면 돌아올 줄 모르는 아버지 때문인지, 그도 아니면 사는 게 정말 힘들어서인지 헤아릴 수가 없었다.

설을 쇠고 보름을 지내면서 엄마의 배가 표 나게 불러오기 시작했다. 동생이 쑥쑥 자라는 것은 기뻐해야 마땅한 일이로되, 엄마의 노동을 고되게 몰아붙이는 것은 참아내기 어려웠다. 견디다가 더는 견딜 수 없어진 어느 날, 엄마가 내 손을 잡고 용봉산을 치달았다. 미륵부처를 찾아 버선목까지 푹푹 빠지는 눈구덩이를 헤치고 올라갔다. 시주님도 광선아버지 돌아오실 때까지 꾹 참고 기다리시오. 정히 힘들거든 힘들다는 생각은 저기 용봉산 중턱 미륵부처님 앞에다 부려놓고, 광선이 크는 거 바라보며 하루씩 살다 보면 좋은 날이 반드시 올 것이요. 견성암 젊은 여승의 당부가 땀 밴 잔등을 마구 떼밀었다. 빤한 소원 거듭 빌자는 고생길이었다. 미륵부처님, 제발이지 광선이 아버지를 얼른 돌아오게 해주시오.

어른 키로 다섯 배가 넘는 미륵부처였다. 용봉산 중턱 절벽 아래에 저절로 솟구친 커다란 바위를 깎아놓은 미륵부처는 무척 당당하고 용해 보였다. 눈밭에 엎드려 축원하고 내려온 다음, 엄마의 입에서 나온 평은 이랬다.

미륵부처님 얼굴은 아래루 내려오면서 차차 넓어지는 형상인디, 민머리 꼭대기는 편평하더구나. 그러니 이마는 좁고 답답하게 보일밖에. 하지만 활처럼 깊게 팬 눈썹은 시원스럽고, 도톰한 눈두덩 아래 가늘게 내리뜬 눈은 반달처럼 이쁘더구나. 미간에서 벋어 내린 코는 오똑허구, 두툼하문서도 매꼬름헌 입술엔 슬그머니 미소가 물려 있지 않더냐. 양쪽 뺨은 살이 올라 불룩허구, 어깨까지 늘어진 귀는 복스럽기 그지없구, 저절루 솟은 바위 그대루인 몸은 힘차구 우람헌디, 곧장 얼굴과 맞닿아 목이 뵈지 않는 게 흠이더라.

어깨에 걸친 옷은 몸에 착 붙어 주름이 지구, 얇은 옷자락은 양쪽 팔을 감아 앞으로 흘러내렸구, 오른손은 손바닥을 안으로 해서 배에 가만히 가져다 대었구, 왼손은 기름한 손가락을 가지런허게 모아서 붙인 채 내려뜨렸구. 나 같은 중생의 하찮은 소원 못 들어줄 게 없을 것처럼, 용맹스럽게 잘난 미륵부처구나. 진즉 찾아뵙지 못헌 게 한이다. 이제부턴 자주자주 찾아뵙자꾸나.

정작 미륵부처님은 집 뒤란에 서 있는 셈이건만, 실제로 이 세상에 내려와 엄마의 소원을 들어주자면 오래도록 기다려야 한다는 게 문제였다. 아버지가 끌려간 뒤 다니러 오셨던 외할머니가 무슨 이야기 끝에 이어 붙인 말도 그랬다. 광선애비 돌아오길 기달리는 일이 아무리 막막허구 심들어두 맘을 단단이 다잡구 기달리는 수백기 읍잖남. 세상살이를 하문서 느긋허게 기달릴 심지만 있으문야 무신 근심이 있을꾸. 사는 것 거지반이 기달림이니께. 태어나문서부텀 떠난 사람 돌아오기를 기달리구, 아침이는 저녁때를 기달리구, 보릿고개에는 가을되기를 기달리구, 겨울이는 봄 오기를 기달리구, 그러다가 죽을 날을 기달리구, 기달리문서 사는 게 인생인디.

그 외할머니가 오랜만에 찾아왔다. 용봉산 동쪽 끝자락, 수암산 아래 온천마을 집에서 꼬박 시오리 걸어온 끝에, 냉수 사발을 비우고는 엄마를 향해 한숨부터 내쉬었다. 늬 아버지 숨어 살고, 늬 오래비털 도망 다니느라 집안이 다 허물어졌구나. 길게 들어볼 것도 없는 얘기였다. 동네 구장을 맡고 있던 외할아버지에게 닥쳤을 고난이 어찌 아버지에게 닥친 고난과 다르겠는가.

싸안고 온 고사떡을 내려놓기 바쁘게 발걸음을 되돌리면서도, 외할머니는 엄마의 가슴 속에 어떤 부처님이 영험한지를 딱 부러지게 새겨 놓고 말았다. 이왕에 광선애비 무사귀환 빌어볼 양이면 수덕사 대웅전에 가는 게 옳겠지. 난리통에두 수덕사 대웅전 부처님 앞에는 떡이며 과실이며 줄줄이 끊이질 않는디, 산골짜기에서 사철 눈비 고스란히 맞어가매 대책 웂이 서있넌 미륵부처님 영험이 을매나 대단할꾸.

그해 겨울은 끝이 없었다. 꽃이 피고 새가 울어도 봄은 오지 않았다.

혹독한 겨우살이 탓에 키 큰 나무들은 일찌감치 자취를 감췄다. 그러고 보니 온통 바위투성이인 용봉산에 드문드문 살아남은 거라곤 다복솔뿐인데, 그마저도 볼썽사납게 우듬지만 삐쭉삐쭉 남아있었다. 눈을 씻고 보아도 흙바닥에는 삭정이는커녕 마른 솔잎 한 가닥이 없었다. 그렇건만, 용케도 목숨을 부지해 낸 생명들이 여기저기서 소리 없이 기지개를 켜며 일어섰다. 집집마다 울타리 한쪽에서 개나리 입술이 노랗게 벌어졌고, 한내 냇가에는 버들개지가 피어났으며, 빗자루로 쓸어낸 듯 말끔한 산자락이건만, 바위틈을 건너뛰며 건성드뭇 진달래가 꽃망울을 터뜨렸다.

겨우내 동네사람들 모두가 쳐냈으니, 가까운 산자락에 잘라낼 소나무 가지가 남아있을 턱이 없었다. 생쌀을 먹고 살 수 없으니 땔감 찾기에 불을 켜면서도, 엄마나 동네사람이나 달랑 남은 소나무 우듬지에만은 낫을 대지 않았다. 참나무 따위 잡목들과는 달리

소나무는 우듬지를 잘라내면 그냥 죽어버리기 때문이었다. 엄마는 갈수록 배가 더 불러왔고 갈수록 더 힘들어했다. 점점 더 무거워지는 몸으로 점점 더 높은 산비탈을 오르내렸다. 유령개미 개떡 물어뜯기라 하더라도, 엄마가 잘라낸 솔가지 하나라도 더 가져오려고 나도 치마꼬리에 붙었다. 아주 조금이라도 더 가져오면 엄마의 발길을 아주 조금이라도 줄일 수 있을까, 키 작고 힘없는 나는 애를 태웠다. 엄마는 나뭇단을 묶어 머리에 이었고, 나는 새끼줄로 얽어 질질 끌었다. 내려오는 길목에 미륵부처님이 서 있었다. 엄마는 엎드려서 소원을 빌었고, 나는 살피고 가늠했다. 엄마가 말했던 대로 이마는 좁고 답답한지, 활처럼 휘어진 눈썹은 정말로 예쁜지, 얼마나 용맹스럽게 잘난 미륵부처님인지. 외할머니 말처럼, 산골짜기에서 눈비 맞아 가며 줄창 서 있기만 하는 미륵부처님이, 언제쯤이나 세상에 내려와서 엄마의 절절한 소원을 풀어줄 수 있을 것인지.

엄마의 지극정성이 그래도 미륵부처님을 움직였던가. 어느 날 아침, 도지사댁 장자인 혜영이 아빠가 사립을 밀고 들어섰다. 도지사댁이 피란지에서 돌아왔다는 뜻이었다. 혜영이 아빠는 아버지의 친구였다. 반가움에 우르르 달려가 바짓자락에 매달리자 사탕 한 봉지를 손에 쥐어주면서 머리를 쓰다듬었다. 혜영이도 홍식이도 돌아왔단다, 놀러 오너라. 그리구 집안 정리가 끝나는 대로 훈장님을 모셔다가 서당을 열게 될 테니, 광선이 너도 함께 배우도록 하려무나. 엄마에게도 당부했다. 광선아버지는 여전히 소식이 없다 문서유. 너무 염려는 마시우, 그 사람 그리 호락호락한 사람이 아니니 무사할 겝니다. 돌아올 때가 됐으니, 곧 돌아올 게유. 그리고 우리 집에 목수를 불러 대문이며 문짝들을 짜 맞추고 있으니, 광선네 것도 같이 손을 보도록 하지유. 불편한 대로 며칠만 더 기다리시우. 그날의 혜영이 아빠는 석가부처님보다도 미륵부처님보다도 더 반가웠다.

 때맞춰 성낙이 작은형이 피란에서 돌아왔다. 당장 집을 내줘야 했다. 엄마는 무턱대고 우리 집으로 이사했다. 그날부터는 용봉산 아닌 집 뒤 우리 산의 솔가지를 베어들이게 되었다. 엄마는, 같은 생솔가지라도 용봉산 아닌 우리 산 것이 연기가 덜 맵다면서도 눈물은 똑같이 쏟아냈다.

 날짜 지나가는 그만큼씩 자리가 잡혀갔다. 용봉분교도 문을 열었다. 아침이면 우리 집 앞을 지나며 재잘거리는 아이들이 제법 소란스러웠다. 강남 갔던 제비도 돌아왔다. 처마 밑으로 진흙과 지푸라기를 열심히 물어 날랐다. 지난해 살던 헌 집 옆에 열심히 새집을 지었다. 아버지는 돌아올 줄을 몰랐다. 기다림에 지친 어느 날, 엄마는 내 손을 잡고 미륵부처님을 찾아서 한내를 건넜다.

 미륵부처님은 여전히 그 자리에 서 있었다. 엄마는 엎드려 소원을 빌었고, 나는 살피고 가늠했다. 언제쯤 세상에 내려와서 엄마의 절절한 소원을 풀어줄 수 있을 것인지. 그때 특별한 게 내 눈에 띄었다. 저만치 다복솔 뒤에 웅크린 낯선 움막 하나. 엄마, 저기 저거, 깜짝 놀란 내가 소리 죽여 불렀으나 엄마는 알아듣지 못했다. 궁금해 할 필요가 없었다. 움막에서 장대처럼 키 큰 스님 하나가 걸어

나왔다. 엄마가 몸을 일으키기 무섭게 단번에 그쪽으로 이끌었다. 보자허니 불제자인 모양인디, 저그 부처님두 뵙구 가도록 허슈. 미처 영문을 알아차리지 못한 엄마는 합장부터 한 다음, 내 손을 틀어쥐고 스님이 가리키는 움막으로 주춤주춤 다가갔다.

통나무 몇 개를 잇대고 짚으로 엮은 섶을 둘러서 꾸민 움막 안쪽은, 겉보기보다 넓고 푸근했다. 그곳에는 뜻밖에도, 바위로 된 미륵이 아닌 커다란 금빛 부처가 앉아 있었다. 바닥에는 짚이 두툼하게 깔려 있었고, 수덕사에 갔을 때 스님들이 펼쳐보던 불경도 여러 권이 놓여 있었다. 엄마는 스님이 시키기도 전에 엎드려 절부터 했지만, 나는 뻣뻣이 서서 살피고 가늠했다. 오른손은 위로 펼쳐 들고 왼손은 아래로 내려 무릎에 얹은 모양이, 영락없이 수덕사에 갔을 때 봤던 석가모니부처님이었다. 외할머니가 엄마의 가슴에 새겨 놓고 간, 미륵부처님보다 훨씬 영험하다는 석가모니부처님이었다. 은근히 마음 한편이 켕기는데, 장대처럼 키 큰 스님은 한술을 더 떴다. 저기 미륵부처님 옆에다 번듯헌 법당을 지을 거유. 미륵사라구 절 이름두 지어 놨으니께, 앞으루 자주 찾아오셔유.

그날부터 나는 고민에 빠져들었다. 엄마의 소원을 들어줄 미륵부처님이 세상에 내려오자면, 견성암 젊은 여승이 말하기를, 석가모니부처님이 입멸을 한 다음이어야 한다고 했다. 그런데 미륵부처님 옆에 석가모니부처님이 버티고 앉아버리면 어찌 되겠는가. 엄마로서야 십 리나 되는 수덕사까지 발걸음하기 어렵던 판에 가까이 다가온 석가모니부처님께 아버지 무사히 돌아오도록 해달라고 빌면 그만이겠으나, 내 소견으로는 아버지만 돌아오면 그만이 아니었다. 지난여름부터 동네사람들이 마구, 죽어 나가고 끌려가고 숨어 살고 도망치는 세상을 뿌리부터 바로잡는 게 옳지 않은가 싶었다. 그러자면 하루라도 빨리 미륵부처님의 세상이 와야 했다. 엄마의 소원이야 저절로 해결되지 않겠는가. 그뿐 아니었다. 석가모니부처님 앞에 엎드린 엄마의 뒤태를, 황새 둠벙 들여다보듯 꼬나보던 장대처럼 키 큰 스님의 눈초리도 영 개운치 않았다. 나는 궁리에 궁리를 거듭했다.

기회는 느닷없이 찾아왔다. 어느 날 저녁나절, 낮잠에 빠져든 내 귓결에 소곤소곤 주고받는 말소리가 잡혀 왔다. 이것저것 마련헐 게 있어서 읍내루 나가는 길에 들렀봤구먼유. 광선 어머닌 뭐 필요한 거 읎는지유. 예에, 읎구먼유, 잘 다녀오셔유, 스님. 앞엣것은 장대처럼 키 큰 미륵사 중 목소리였고, 뒤엣것은 엄마 목소리였다. 나는 슬그머니 다락으로 올라가 성냥갑을 챙겼다.

무엇보다도 용봉분교 학생들이 파하기 전에 다녀와야 했다. 아무도, 엄마조차도 감쪽같이 몰라야 했다. 제아무리 아버지가 빨리 돌아오기를 염원하는 짓거리라 하더라도, 내 생각을 미리 알게 되면, 엄마가 먼저 까무러칠 게 빤했다. 손가락에 침을 묻혀 문구멍을 뚫어놓고 한동안 엿보다가, 바가지 챙겨 들고 절구통 놓인 뒤란으로 향하는 엄마의 뒤태를 지켜본 다음 대문을 타 넘었다. 한꺼번에 많은 생각들이 머릿속으로 쳐들어와 좌충우돌 날뛰면서 돌아쳤다. 내 정신이 아니었다. 한달음에 한내를 건넜고 용봉분교를 지나

산기슭을 치달았다.

고개를 푹 숙여 미륵부처님을 외면한 채 움막으로 다가갔다. 석가모니부처님을 외면한 채 뒷걸음질 쳐 불경을 움켜쥐었다. 곧장 밖으로 나섰다. 짚으로 엮어 두른 섶 아래에 불경을 찢어 넣었다. 성냥을 그었다. 화르르, 불꽃이 피었다. 내 정신이 아니었다. 성냥갑을 불길 속에 내던지고 냅다 줄행랑을 놓았다. 한달음에 한내를 건넜고 우리 집 대문 앞에 엎어졌다.

문지방을 짚고 비척대면서 일어섰다. 한눈에 잡혀 왔다. 용봉산 중턱, 타오르는 불꽃, 다복솔을 태우는 푸른 연기. 내가 생각해도 내가 대견했다. 석가모니부처님은 꼼짝없이 불구덩이 속에서 입멸할 것이고, 미륵부처님 세상 열릴 게 확실했다. 내 입에서 그때까지 한 번도 들어본 적 없는, 노랫말도 곡조도 모를 염불이 웅얼웅얼 흘러나왔다.

3. 그러고 나서

그러고 나서 그냥 잠들어버렸지 뭐유. 얼마큼이나 지났을까. 꿈인지 생시인지 설핏 뜬 눈에 발그레 물든 문창호지가 한가득 덮쳐오더먼유. 한껏 뼛심을 뺀 뒤끝이라 세상만사 나른헌께 그냥 돌아눕구 말었쥬. 저기 예산 쪽 화양리역 떠난 밤기차가 종자뜰을 건너지르다가 종쟁이뜰 쪽으루 휘어질 때쯤이면, 기차 이마빼기 붙은 잉걸불이 곧장 우리집 문창호지루 달려들어 활짝 불태우군 했으니께유. 그게 또 그런가부다 했지유.

막내고모는 손발 어깨를 쫙 펼쳤다가 착 접기도 하면서 신바람을 내었다. 태생이 다섯 남매 중 막내라서 몸에 밴 응석받이 언행에 거칠 것이라곤 없다 하더라도, 한창 전쟁 중에 겪었던 놀랍기 그지없는 사건을 그런 식으로 풀어내는 건 지나쳐 보였다. 이제는 휴전으로 전쟁이 끝난 마당이었다. 당사자로서야 기왕의 일이니 그저 재미있게 털어놓고 보자는 셈이겠으나, 듣는 이들로서는 마음 편할 일이 못 되었다. 활활 타오르는 불구덩이 속에서 막내고모가 얼마나 경황없이 방방 뛰었을지 눈에 보이는 듯 환했기 때문이다. 그러거나 말거나 막내고모는 말을 뚝 끊고는, 턱 쳐들고 마른침 삼키며 다음 말 고대하는 얼굴들 앞에 일삼아 해찰을 놓앉다.

　안마당에 피워 놓은 모깃불 연기는 가느다랗게 사위어가고, 쑥 냄새 알싸하게 퍼진 대청마루에는 달빛이 그득했다. 광선애비 생일상 지대루 채려주어야 무탈허게 돌아온단다. 큰고모가 미신인지 뭔지 긴가민가한 말을 앞세워 둘째고모와 막내고모에게 기별을 넣었다. 아버지 생신은 유월보름, 유두와 겹친 내일이었다. 농삿꾼들 너무 바빠 세월 가는 줄 모른다는 미끈유월이건만, 남정네들 손 빌릴 가망조차 없는 전쟁 중이었다. 고모들은 저마다 다급한 집안일 잡도리해 놓고 가깝게는 십 리 멀게는 이십 리를 달려와 대문을 넘어섰다. 삼복지경 해거름에 고모 셋이 한꺼번에 몰아닥쳤으니, 난리도 그런 난리가 없었다. 부엌에서 복닥대며 땀 씻어내랴, 흠뻑 젖은 옷가지 헹궈 빨랫줄에 내다 널랴, 어릴 적 얘기 주고받으며 깔깔대랴, 대청에 올라 저녁상 받기까지 더할 수 없을 만큼 부산스러웠다. 엄살과 응석은 달고 살아도 행동거지만큼은 야문 막내고모가 저녁 설거지를 도맡아 한 다음, 대청으로 올라앉더니 불쑥 입을 열었다. 지난 오월, 우리 집에 불이 났넌디.

　그것만으로도 기절초풍할 노릇, 큰고모 둘째고모가 막내고모를 향해 귀를 쫑긋 세웠건만 본인은 여유만만이었다. 엄마조차 막내고모의 말에 졸가리가 잡히지 않는다는 표정이었다. 풋잠 든 동생 명선이 쪽으로 쥘부채를 펼치긴 했는데, 정작 바람을 보내자는 것인지 바람이 닿을까 봐 걱정된다는 것인지 숫제 허공에 그림을 그리는 시늉이었다.

얘는, 그리 큰일을 겪었으면 동기간덜헌티 연락이라두 혀야지. 그건 그렇다 치구, 이러다가 숨넘어갈라. 얼른 마저 듣자꾸나.

기어이 둘째고모가 채근하고 나선 다음에야 막내고모는 말을 이었다.

그러고 나서 꿈결인 듯 사람들의 아우성이 귓구멍을 파구들었구먼유. 마을사람덜이 먼저 알아채구 너두나두 물동이럴 들구 달려오면서 소리를 질러댄규. 불이야, 불이야. 눈을 번쩍 뜨니께 문살이 활활 타오르더라구유. 광선이 고모부가 세 살배기 영재놈을 안아 들고 엉덩이 덴 황소처럼 후다닥 문짝을 차고 나가면서 냅다 소릴 지르대유. 불이야, 빨리 나가. 불을 꺼야 혀. 그 담이년 정신을 놓쳐버렸슈. 부엌으루 내달아 바께쓰 찾어 들구 큰우물루 내리뛰었쥬. 우리집이 워낙에 언덕에 높다랗게 자리잡았잖남유. 덕분에 마을사람덜이 불길을 쉽게 발견한 거구유. 큰우물은 언덕 아래서 사철 펑펑 흘러넘치구유. 뭐니뭐니 혀두, 동네사람덜이 우르르 달려들어 한꺼번에 퍼 날라두 줄어들지 않는, 사철두구 콸콸 샘솟넌 큰우물이 큰 보배였쥬. 그럭저럭 불길이 차츰 잽히구 있었으니께유. 얼매나 시간이 흘렀을까유. 가슴이 막 뜯겨나가는 것마냥, 찢겨나가넌 것마냥 아퍼서 한쪽으루 물러났슈. 오리나무 둥치에다 등을 기대구 턱턱 치받는 숨을 골렀지유.

막내고모가 또 말을 뚝 끊었다. 그러고는 차마 입 밖에 밀어내기 어렵다는 듯, 똥 마려운 강아지처럼 쩔쩔매었다. 성격이 활달하다 한들, 겨우 스무 살 남짓이었다. 큰고모만 아버지보다 손위였고 둘째고모와 막내고모는 삼촌보다 아래였다. 여자 몸이기에 삼촌보다 먼저 혼인했을 뿐이니, 왜 부끄러움이 없겠는가. 한참을 낑낑대다가 겨우 두 마디를 내뱉었다.

어떡험 좋대유. 홀딱벗구 있더라니께유.

도무지 알 수 없는 소리였다. 말마디가 실타래처럼 입 안에서 잘못 뒤엉키기라도 한 듯, 더는 빠져나오지를 못했다. 시간이 한참이나 더 흘러갔다.

큼, 그게 그러니께.

큰고모가 잔기침부터 내놓은 뒤 뚜벅 입을 떼자, 막내고모가 가파르게 받아넘겼다.

예, 콱 죽어버리구 싶었시유. 명색 새댁인디 홀딱벗구, 온동네 사내덜과 비비대면서, 좁다란 언덕길을 오르락내리락 바께쓰 덜렁대면서, 들뛰고 내뛰었으니 남세스러워 이를 으쩐대유. 흐윽 흑 흐흑.

큰고모 덕분에 입이 풀린 막내고모가 주르르 울음을 쏟아냈다. 아무도 토를 달지 않았다. 아니, 토를 달 수 없었다. 울지도 웃지도 못하는 얼굴로 중천에서 백월산 쪽으로 다가들고 있는 둥근달이나 올려다볼밖에.

부스스 몸을 일으킨 둘째고모가 마당으로 내려서더니, 사위어가는 모깃불 위에 마른 쑥 한 단을 얹고 왕겨 한 삼태기를 퍼부었다.

왕겨더미를 뚫고 나온 마른 연기가 슬슬슬 머리를 풀었다. 한결

짙어진 쑥 냄새가 코끝에 알싸했다. 둘째고모가 다시금 대청에 올라오기를 기다렸다가 큰고모가 입을 떼었다.

그나저나 막내야, 을매나 맴이 아팠느냐. 기별이라두 넣지 그랬느냐. 동기간덜이 찾아가 불탄 서까래 하나라두 함께 갈아끼우면서 얼굴이라두 마주보면 위로가 되지 않았겠느냐.

어느새 부끄러움 따위 말끔히 벗어던진 막내고모가 쌩쌩한 목소리로 치받았다.

생각보담 빨리 불길이 잽혀서, 집이 많이 상허들 안혀서, 연락을 안했구면유. 대수롭지 않은 일루 즌쟁중에 먼걸음 하는 것두 번거롭구유. 그나저나 우리 영재놈 장가들면 메누리 앉혀놓구 강다짐을 둘거구면유. 절대루 홀랑 벗구서 그냥 잠들면 안된다구 말여유.

둘째고모와 엄마가 웃음을 터트렸다. 큰고모도 더는 참지 못하고 박장대소를 놓았다. 내내 뭔 얘긴지 감을 못 잡고 갸웃거리던 나도 그쯤에서야 한꺼번에 알 듯싶어 따라 웃었을 뿐인데, 그 바람에 불똥이 내게로 탁, 튀었다. 정말 못 말릴 막내고모였다.

광선아.

정색하고 막내고모가 내 이름을 불렀다.

응.

내 나이 여섯 살이었건만 대답이 예, 아닌 응이었다. 몸에 밴 버릇 탓이었다. 그게 막내고모의 성정을 더 건드렸지 싶었다.

광선이 니가 세 살 때, 할아버지 살아기시던 봄날이었다. 니가 홍역을 앓었넌디, 부엌데기였던 내가 저녁에 콩밥을 지었구나. 내 둥 잘만 먹던 니가 그날따라 콩밥 안 먹겠다 심통 부리며 숟가락을 내던지는 바람에, 큰오빠 그러닝께 니 아버지헌티 내가 뺨을 세 차례나 맞었단다. 그뿐 아니다. 홍역을 치르고 난 다음엔 그해 가을 시집을 가던 그날까지, 끼니때마다 니가 밥솥 앞을 지키고 섰다가 밥을 적게 푼다고 심술을 부렸단 말이다. 밥을 풀 때 밥사발 쥐고 있는 손가락 자리꺼정 채우라고 난리를 피워서 나를 얼매나 울렸는지 모른다. 그러닝께, 광선이 니는 절대루 웃으면 안 된단 말이다. 알긋냐.

나도 발끈해서 억지를 썼다.

막내고모야, 내가 은제. 나 한 번두 안 그랬다. 할아버지헌티 물어보문 알껴.

모처럼 정색했던 막내고모의 얼굴이 푸하하, 한꺼번에 터져버렸다. 큰고모와 엄마도 웃음을 터뜨렸다. 둘째고모가 나섰다.

광선아, 뗏장 집에 든 할아버지헌티 어찌 물어본단 말이냐. 아마도 니는 더러 할아버지를 만나는 모양이지. 어디, 핵교 갈 때 보패재에 나와서 기다리고 계시던.

대답할 수 없었다. 내게는 할아버지에 대한 기억이 터럭 한 올만큼도 없었다. 내 기억은 네 살 때가 처음이었고, 그보다 앞쪽은 먹물을 풀어놓은 듯 캄캄했다. 내 입에서 할아버지에게 물어보라는 말이 나간 건, 그러니까 순 억지였다. 이웃 사는 성낙이 각시가 때맞춰 나타났다.

마침 광선이 고모님들 오셨네유.

그렇게 인사를 닦은 성낙이 각시는 부엌으로 들어가더니 참외 수박을 얹은 상을 대청에 들였다.

참외랑 수박 좀 드셔유. 내일이 유둣날이라 맏물을 따봤슈. 조상님 천신헐 건 냉겨두구 왔응께, 걱정 놓으시구 맛을 보셔유. 지년 뒤란이루 가서 먹을 텐께유.

성낙이 각시는 그대로 되짚어 부엌으로 들어갔다. 이윽고 부엌 뒷문 열리는 소리가 삐걱, 했다. 뒤란의 방공호로 나가는가 보았다. 큰고모가 엄마를 향해 물었다.

뒤란에 누가 있는감.

예, 방공호에, 아랫집 성낙이가.

엄마의 어정쩡한 대답에 둘째고모가 목소리를 쨍 높였다.

아니, 지난가을 광선이 아부지 잡아간 게 성낙이라 하지 않았남유.

그렇긴 허지만서두, 이웃인디 으쩐대유.

힘없이 대답하는 엄마의 귓불에 대고 둘째고모가 앰한 소리를 토막 쳐 넣었다.

성님은 그리 맴이 무른 게 탈이여유. 끌려간 사람 살었는지 죽었는지 모르는 판에 어찌 그놈의 사정을 봐준단 말이유. 경찰서에 신고는 못헐망정, 이 집에설랑 당장 내보내도록 혀유.

엄마가 대꾸할 염을 못 내자, 큰고모가 물꼬를 옆으로 틀었다.

그만 해두려무나. 광선이 아부지두, 광선이 삼촌두 어느 하늘 아래를 떠도는지 모르는 처진디, 남의 일이라구 함부루 입에 담을 게 아니잖으냐.

그건 그랬다. 성낙이하고 함께 들이닥친 인민군들한테 끌려간 아버지는 해를 넘기도록 일자 소식이 없었다. 읍내에서 공산당 쪽 높은 벼슬살이를 했다던 삼촌도 지난여름 인민군들과 함께 사라지고 그만이었다. 아버지 생일상 차려주겠다며 세 자매가 모여 앉았건만, 다섯 남매 중 두 형제는 그렇듯 종적이 묘연했다.

아버지가 잡혀간 일은 지금도 잘라버리고 싶은 손가락 탓이었다. 성낙이와 함께 들이닥친 인민군들에게 숨어있는 방공호를 가르쳐준 내 손가락. 그렇다면 공산당 하다가 사라졌다는 삼촌은 누구 탓인지.

할아버지는 형제 가운데 학교 성적이 가장 뛰어난 삼촌에게 집안의 장래를 걸었단다. 그렇다고 아버지나 고모들의 성적이 남만 못했느냐 하면 그건 아니었다. 삼촌처럼 전교 일등만 못했달 뿐, 모두 우등상을 놓치지 않았단다. 그런데도 할아버지는 단 한 사람에게 모든 걸 다 걸었다. 삼촌이 읍내 소학교 중학교를 차례로 마친 다음에는, 대처에 있는 전문학교로 유학시켰다. 형제들 가운데 하나만 출세하면 집안이 일어설 수 있고, 식구들 모두 그 덕으로 잘살 수 있다는 게 할아버지의 지론이었단다. 삼촌은 지독하게 공부를 파서 소학교 중학교 때처럼 전문학교에서도 일등을 놓치지 않았다. 졸업 후에는 잠시 총독부에 몸담았다가 해방 후에는 재무부 전매국의 간부가 되었다. 소금 담배 인삼을 독점 관리하는 알짜배기 관서였단다. 삼촌의 전도는 양양했고, 집안의 미래 또한 밝았다. 삼촌은 할아버지 기대를 저버리지 않았다.

 증말 의좋은 형제덜이 한꺼번에 집 떠나서 떠돌구 있으니 어쩌면 조으냐. 것두 제각각 등 돌린 적으루다가 말이여. 광선이 삼촌 중핵교 졸업헐 때꺼정 하루두 빼놓지 않구 광선아부지가 밤마중을 다녔잖은감. 왕복 이십릿길을 맨날 밤공부허구 오면서, 보패재 넘는 게 무섭다구 허니께 말이여. 광선이 아부지, 동상 챙기는 정성이 그리두 지극했잖여. 그렇거든 즌쟁이 터졌어두 형제가 한쪽 편으루 나란히 섰어야 옳잖여. 후이유.

 둘째고모가 말끝에 한숨을 이어 붙였다.

 당연한 일이지만, 삼촌이 거기까지 다다르는 사이 밟아 디뎌야 했던 징검다리는 한둘이 아니었다. 아버지는 물론이고 고모들 세 사람 모두 소학교 졸업으로 학업을 끝내야 했다. 할아버지가 제 땅을 지닌 자작농이라서 재산이 전혀 없지는 않았건만, 일제 말기의 강제 수탈은 가혹했다. 일 년 내내 농사지어 추수해도 공출이란 명목으로 빼앗기고 나면 시래기 섞어 끓인 죽으로 식구들 뱃구레 메우기도 빠듯했다. 삼촌의 학비와 하숙비는 집안의 큰 부담이었다. 고모들은 어린 시절부터 머슴들과 함께 논밭에서 허리 펼 틈이 없었고, 삼촌이 전문학교에 진학하자마자 아버지는 일본 기업의 사탕발림 징용에 걸려들었다. 그들이 내건 쥐꼬리만 한 돈이라도 벌어서 보태야 한다면서 현해탄을 건넜다. 어린 나이에 나가사키 하시마탄광 기반을 닦는 노역장에 배치됐던 아버지의 징용은, 곧바로 강제노역으로 변했다. 얼마나 고되던지, 밤에 잠자다 오줌 누러 나갈 시간 아끼려고 점심때부터는 목이 말라도 참고 또 참은 끝에 한 모금 머금어 입술만 적시곤 했단다. 바닷속으로 깊게 더 깊게 뚫고 들어간 막장 노역은 급기야 수많은 사람의 목숨을 빼앗기에 이르렀다. 아버지는 그 지독한 징용에서 돌아와 혼인한 다음에도 다시금 일본군으로 입대했다. 거기서 받는 정말 하찮은 졸병 봉급이 삼촌의 학비가 되었다. 일제의 수탈 속에서, 온 가족이 마른 수건 비틀듯 짜내서 삼촌 뒷바라지에 매달렸던 셈이다.

　삼촌의 성공은 보았으나 그 덕은 보지 못하고 할아버지는 돌아가셨다. 그 이듬해 6.25전쟁이 터졌다. 삼촌의 정체가 드러났다. 전매국 간부 때려치우고 농민과 노동자 해방의 깃발을 들었다. 읍내 인민위원회 간부가 되었다. 아버지와 삼촌의 숨바꼭질이 시작되었다. 아버지는 밤늦도록 읍내를 헤매고 다니며 삼촌을 잡아 집으로 끌어왔고, 삼촌은 또 어느 틈에 번개처럼 집을 빠져나갔다. 그렇게 한 해가 지나는 동안 아버지는 악질 반동으로 찍혀 속절없이 끌려갔다. 삼촌도 어디론가 사라졌다. 할아버지가 기대했던 삼촌의 성공, 식구들 소망의 잔혹한 실상이었다.

　이번에는 막내고모가 궁금증을 큰고모 쪽으로 비틀었다.

　큰언니야, 전쟁나기 전 광선이 세 살 때, 아버지 그러니께 광선이 할아버지 느닷읎시 돌아가신 게 우찌된 쪼간인지 얘기좀 해주면 안될라나. 모두들 쉬쉬하는 통에 그동안 궁금증만 잔뜩 쌓이지 않았남.

순간, 엄마도 막내고모도 고개 쳐들고 큰고모 얼굴에 심지를 박았다. 역시 궁금하기 짝이 없다는 투였다. 할아버지 얘기라면 나도 궁금했다. 언뜻언뜻 동네어른들에게 스쳐 듣던 토막 얘기들이, 좀처럼 한 줄로 꿰어지지 않아서 애를 먹이곤 했다.
　이제와선 못헐 것도 읎지. 수박부텀 한 쪼각씩 먹구 보자.
　큰고모가 머금고 있던 웃음을 거두고 수박쪽을 집어 들었다. 막내고모가 뒷전에 앉은 나한테 수박 한 쪽을 건넸다. 한바탕 면박을 준 다음이니 화해하자는 수작인지도 몰랐다. 그 속셈이 비윗장을 뒤집은 탓인지, 수박은 미지근하고 밍밍했다. 수박껍데기를 내려놓고 난 큰고모가 말을 이었다.
　니들두 알다시피 아버지는 여덟 동네서 당할 자 읎넌 장사였다. 내가 시집가기 전꺼정만 혀두 단옷날 씨름판에 나갔다허문 황소는 아버지 차지였다. 그런디 건넛말 기와집 사넌 전귀남이 있잖남. 그이 사주에 양아버지를 들이지 않으면 명이 짧다던가 혀서, 귀남이 아버지허구 제일 친헌 우리 아버지를 양아버지 삼게 되었구나. 그땐 조선이 해방이란 게 되리라군 언감생심 꿈두 못 꾸던 일제시대 한복판이었넌디, 귀남이가 우리 아버지헌티 을매나 효도를 바치넌지 동네사람덜 입에 침이 마를 지경이었어. 암튼 그러다가 나넌 시집을 가고 말었지.
　그다음은 나도 귀에 딱지가 앉게 들어서 잘 알았다. 큰고모는 용봉산 동쪽 수암산 기슭의 기럭재로 출가했고, 그 동네 구장집 둘째딸이던 엄마를 아버지에게 시집오도록 중매했다. 역마살 낀 아버지는 징용에서 귀국해 엄마와 혼인한 뒤 다시 일본군으로 나가 남태평양 마셜군도에서 해방을 맞았다. 우연히도 대처에서 전문학교 다니던 삼촌과 똑같은 기차에서 내렸고, 역전에서 만나 함께 보패재를 넘었단다. 이듬해에는 둘째고모가 고북으로 시집갔고, 그 다음해 초겨울에는 할머니가 돌아가셨으며, 초여름에는 내가 태어났다. 큰고모의 이야기는 그 몇 해를 훌쩍 건너뛰고 이어졌다.

일제시대를 살아낸 건 조선사람 모두에게 지옥을 다녀온 거나 같었다. 그러니 해방이 됐어두 살림살이가 금세 제자리루 돌아오지를 못혔지. 심장이 약허던 어머니두 일제시대 견뎌내느라 속이 다 닳아버린 탓에 해방되기를 목이 빠지게 기다렸다가 돌아가셨을 거구먼. 그 이듬해에는 막내가 내법리루 시집을 갔지. 딱히 우리뿐 아니라 집집마다 미뤘던 숙제 해치우듯, 시집 장가에 출생과 죽음까지 숨 돌릴 새 읎이 해치우는 판이었어. 배곯아 근력이 읎으니께 홍역이라도 돌면 동네 애덜이 떼죽음을 하구, 그러는 와중에 귀남이 아버지가 갑자기 죽었어. 심장마비라나 아무튼, 그런디.

큰고모가 숨이 차다는 듯 말을 끊었다. 막내고모가 몸을 일으키려는데 부엌에서 나온 성낙이 각시가 물대접을 내밀었다. 신랑은 탈 읎이 잘있담. 엄마가 나지막하게 말을 건네자, 성낙이 각시가 대청으로 오르며 고개를 끄덕였다. 덕분으루다가 잘 있더면유. 부엌에 놓인 열 말들이 두멍에서 떠왔다 해도 삼복더위에 시원할 리 없었다. 밍근한 찬물로 목을 축인 큰고모가 끊었던 말을 이었다.

 장삿날 아침이넌 나두 상가에 가 있었넌디, 잘 아는 집안이라 기럭재에서 문상을 왔던 게야. 그런디, 말허기 좋아허넌 어떤 인사가 그날따라 씰데웂넌 입방정을 떨었다는 게야. 발인제에서 물린 첫 퇴주는 고인허구 제일 친헌 사람이 마셔야만 하는 법이라구 말이지. 그려서 우리 아부지가 잔을 받어서 한입에 털어 넣게 되었던 셈인디. 잔을 놓자마자 컥, 소리를 내문서 옆으루 쓰러졌어. 그게 끝이여. 울아부지 인생두 참 허망허지.

 큰고모가 다시금 말을 끊었다가 한숨을 들이쉰 다음, 이어 붙였다.

 멀쩡헌 사람이 죽었으니 여럿 잡혀가구 난리두 그런 난리가 웁쓸 판인디, 도지사댁 큰마님이 연루된 사건이래서 쉬쉬허게 되었다네. 도지사영감 대처 나가 작은살림 차린 뒤부텀 큰마님이 언뜻언뜻 실성실성혔잖남. 더러는 술 취해갖구 해롱해롱 허문서 두 아들 며누리 남우세시키구 다니기두 혔구. 해필이먼 그 큰마님이 전날밤 늦게 귀남이네 부엌에 들어갔다가 발인제에 쓸 술병을 보구선 그냥 병나발을 불었다더먼. 그러다가 술이 반절이나 줄어들자 당황해갖구 구석지에 있던 양잿물병을 가져다가 가득 채워놨다는 거여. 양잿물 빛깔이 부연헌게 꼭 막걸리 같잖은감. 어디꺼정이나 술취헌 인사가 저지른 실수일 뿐, 사람 죽이자는 심뽀는 아니었지. 마침 그걸 본 사람이 큰마님 어디 갔는지 찾어댕기던 큰며누리, 그러니께 혜영이 어미가 광선이 아부지헌티 넌지시 귀띔을

혀줘서 발각이 되었다더먼. 일이 그렇게 되구 보니, 도지사영감이 나서서 입단속을 했을밖에. 광선아부지허구 내가 도지사영감에게 불려갔다네. 사단은 난 다음인디, 실성실성헌 늙은이 감옥살이 시켜 좋을 게 뭐냐더먼. 지금은 멀쩡해졌지만 그 시절엔 증말루 실성실성했응께. 게다가 광선이 삼촌 빨갱이 노릇헌 것 힘써 감싸주겄다년 말두 넌지시 끼워넣더먼. 그뿐 아녔구먼. 한내 안쪽이 거진 다 도지사댁 논이다시피 허잖남. 그중 열두 마지기짜리 문서를 광선아부지 무릎 밑으루 찔러주더라니께. 그게 도지사댁에서 농지개혁 땜에 넘치년 땅 덜어내자년 수작이란 말두 돌긴 혔지먼, 개벼운 재물은 아니잖남. 광선아부지가 일본꺼정 가서 벌어온 돈으루 사들였던 논 열두마지기 옆댕이에 붙은 문전옥답인디. 그러니 으쩌겄어. 광선아부지허구 도지사댁 큰아들 혜영이 아비년 꾀복쟁이 친군디다가 이래저래 칡넝쿨에 등나무넝쿨 얽히듯 두 집안이 얽힌게 많은디. 결국엔 그냥 발인제 술 잘못 먹구 돌아가신 걸루다가 말막음을 헌겨.

  밤이 제법 깊었고 둥근 달도 백월산 봉우리에 닿을 듯 기울고 있었다. 고모들도 저마다 고단한지 대청마루에 이리저리 누워 잠자리를 보았다. 왜 아니겠는가. 큰고모가 사는 기럭재는 시오리 길이었고, 둘째고모 사는 고북은 이십 리였다. 막내고모가 그중 가까운 편인데도 십리가 짱짱했다. 누군가의 코 고는 소리를 신호로 저마다 잠투정을 늘어놓기 시작했다.

  톡톡.

잠결이었다. 무슨 기척이 들리는 듯싶었다. 똑똑, 톡톡. 간격을 두고 이어지는 소리를 그냥 넘길 수 없었다. 한여름이라 서당도 쉬는 참이니, 할 일 없는 내 귀가 가장 밝았다. 눈을 비비고 보니, 날이 부옇게 밝아오고 있었다. 부스럭거리며 몸을 일으키자, 누가 내 이름을 불렀다. 광선아, 광선아. 귀 익은 소리에 이끌려 대청에서 토방으로, 토방에서 안마당으로, 안마당에서 대문으로 향했다. 나다, 삼촌이야. 문 열어라. 삼촌이 틀림없었다. 빗장을 밀어내고 대문을 힘껏 잡아당기자 삐그덕, 요란한 소리를 내며 열렸다. 거기 삼촌이 서 있었다. 그리고 뒤에 붙어 선 발가벗은 젊은 여자의 박덩어리 같은 궁둥이.

대문 열리는 소리에 깨어나 마당으로 내려서던 엄마가 화들짝 놀랐다. 아무리 눈앞의 일이 놀랍더라도, 엄마는 재빨랐다. 손을 내밀어 여자를 부엌으로 잡아끌었다. 여자는 키가 컸고, 엄마의 치마저고리는 작았다. 부엌에서 엄마 옷을 걸치고 나온 젊은 여자가 왜 꽁지 빠진 장닭처럼 우스꽝스러운지, 그때까지 잠에서 깨어나지 못했던 고모들은 끝내 아무것도 몰랐다.

아버지의 생일상은 큰고모의 소망대로 그들먹하게 차려졌다. 대청마루에 둘러앉은 식구들 숫자도 불어난 덕분에 제법 잔칫집 같았다.

이제 광선이 삼촌이 돌아왔으니 아버지만 무사히 돌아오면 되어야.

큰고모의 덕담을 나눠 듣는 사이사이 스쳐 지나가는 말들이 알아듣기에 번잡스러웠다. 늦어도 이달 안에 질질 끌던 휴전협정이 조인될 거라든지, 산줄기 타고 지리산으로 가다가 길이 막혔다든지, 함께 온 젊은 여자는 공주 어딘가에서 중학교 선생질을 하다가 입산을 했다든지, 막판에 다다르자 밤이 되면 여성대원들의 탈출을 막자고 발가벗겨서 재운다든지, 그 엄한 감시를 따돌리느라 옷가지 하나를 챙기지 못했다든지. 알 듯 모를 듯한 말들이 뒤섞여 흘렀다.

제일 가까운 이웃 데상네 집이나 성낙이네 집과도 축구골대 사이만큼씩은 떨어져 있다지만, 우리집도 안심할 곳은 못 되었다. 읍내 경찰서 순경들이 하루에도 몇 차례씩 보패재를 넘어왔고 마을 고샅 고샅을 돌며 집뒤짐을 일삼았다. 인민군 부역자와 그 가족들을 찾아내자는 행보였다. 그나마 아버지가 인민군에게 끌려간 줄 알기에 우리 집은 감시가 덜했다. 성낙이가 우리 집 방공호에 숨어있는 사연도 그 쪼간이었다.

이래저래 아침상 물리자마자 모두들 각자의 길을 잡아 헤어져야 했다. 갈산에 친척집이 있다는 젊은 여자는 둘째고모를 따라 제일 먼저 떠났다. 홍동산 너머까지 함께 가다 갈라서면 된다고 했다. 세 살배기 영재를 떼어놓고 온 막내고모는 서둘러 용봉산 아랫길을 잡아 내법리 가는 지름길로 접어들었다. 다행히 자식들 다 장성하여 살림 걱정이 덜한 기럭재 큰고모가 하루를 더 묵겠다며 남았다. 어쩌면 엄마 혼자 감당하기 힘든 일이 닥칠지도 모른다는 염려에서였다.

삼촌 역시 숨을 곳은 방공호뿐이었다. 성낙이와 둘이 지내면 외로움이 덜하지 않을까 싶었건만 삼촌은 한사코 뒤란에 껴 붙은 쪽방에 틀어박혔다. 곡식이나 고구마 감자 따위를 쌓아두는 곳간이었다. 퀴퀴한 곰팡내가 콧속을 파고드는 데다 곡식자루며 잡동사니 때문에 돌아누울 자리마저 편치 못했다.

여름 해는 길었다. 한내로 나가 혼자서 멱을 감기도 하고, 돌아오는 길에 얼게미로 봇도랑을 훑어 올린 송사리를 닭장에 뿌려주기도 했다. 그래도 시간이 남아돌았다. 하릴없이 아버지가 보고 싶었다. 점심을 먹고 나서는 뒷산 다복솔을 헤치고 할아버지 산소로 올라갔다. 할아버지와 큰할머니 합장이라서, 다른 묘들보다 봉분이 서너 배는 컸다.

빈손이었지만, 명절 성묘 때처럼 두 번 절을 하고 잔디밭에 주저앉아 잡풀을 뜯었다. 왠지 그렇게 해야 할 것 같았다. 어디서 날아와 싹을 틔웠는지, 어린 아카시나무와 어린 참나무와 어린 소나무도 있었다. 오리나무도 보이고 밤나무도 보였다. 다른 곳에서 자랐더라면 좋을 그런 나무들이 묘소 잔디밭이라서 뽑혀야 한다는 게 새삼스레 온당치 못해 보였다.

할아버지는 수덕사 아랫마을 빗기내에서 살 때 큰할머니와 혼인해서 큰고모를 낳았다. 큰할머니는 큰고모를 낳고 미역국을 먹기도 전에 숨을 놓았단다. 산후에 꿀물을 마시면 좋다는 누군가의 말을 듣고 증조할머니가 대접으로 가득 꿀물을 타 주었는데, 대접에서 입을 떼자마자 쓰러졌단다. 할아버지는 빗기내를 떠나 홍천

마을로 이사해서 한동안 홀아비 손으로 큰고모를 길렀다. 그러다가 어느 해 어느 날, 장마당에서 할머니와 옷깃이 스쳤다. 할아버지는 한눈에 반해버렸다. 사람을 놓아 수소문했다. 청양 사는 홀어미라는 사실을 알게 된 할아버지는, 장정들에게 가마채를 잡히고 육십 리 밤길을 달려가 무작정 보쌈을 해왔다. 그때 할머니에게는 아들 하나 딸 하나가 딸려 있었지만, 할아버지에게는 아무런 장애도 되지 않았다. 당장 날짜 잡아 혼례를 치르고 재취로 맞아들였다. 할머니는 할아버지를 만나 아들 둘, 딸 둘, 네 남매를 더 낳았다.

그랬어도 죽어서는 함께 묻힐 수 없었다. 할아버지는 큰할머니와 함께 묻혔고, 할머니는 건너편 등성이 여수바위 뒤쪽에 따로 묻혔다. 여수는 여우의 사투리다. 누가 정한 법도인지 몰라도 그게 순리라 했다.

할아버지 산소에서 해찰을 부리는 사이, 해가 백월산 마루에 바짝 다가섰다. 동네 집집마다 굴뚝에서 피어오른 저녁밥 짓는 푸른 연기가 낮게 깔렸다. 빠른 걸음으로 비탈을 내려간 나는 대문을 넘어서다 말고 우뚝 멈춰 섰다. 안마당에 동네사람들이 가득했다. 아랫집 데상은 물론이고 성낙이 각시와 혜영이 아빠까지 보였다. 뒤란에서 순경이 성낙이 멱살을 잡아끌고 나타났다. 어디서든 마주치기만 하면 아버지를 누가 잡아갔느냐, 꼬치꼬치 캐묻던 순경이었다.

허 순경, 그 사람 아무 죄도 짓지 않았다네. 내가 책임지고 내일 아침 경찰서로 데려가 자수를 시키겠네. 그러니 오늘은 그냥 돌아가게나.

혜영이 아빠의 당부에 이어 옆에 있던 데상과 동네사람들도 입을 모았다.

그렇게 하도록 선처해주시게나.

혜영이 아빠가 누구인가. 도지사님의 장자 아니던가. 데상은 또 누구인가. 아우가 읍내 경찰서 높은 자리에 있다지 않던가. 이래저래 상황이 난감해져 잔뜩 찌푸리고 있던 순경의 얼굴이 나를 맞닥뜨리자 활짝 펴졌다. 까딱까딱, 내게 손짓했다. 뜻밖에 동네사람들 앞에 나서고 보니 공연히 부끄러웠다. 쩔쩔매는 시늉이라도 해야 옳을 듯싶었다. 순경이 큰소리로 물었다.

아버지를 잡아간 게 바로 이 사람이지.

대답할 수 없었다. 성낙이에 대한 감정은 늦여름 하늘처럼 시시때때로 빛깔을 달리했다. 거울처럼 맑았다가, 잿빛 구름이 덮였다가, 새털구름을 빠른 속도로 날려 보내다가, 한복판 가슴을 찢어 파란 쪽빛을 내보이다가, 먹구름을 몰고 달려들다가, 뭉게구름 두둥실 피워 올리다가. 아버지를 잡아간 인민군들을 앞세우고 찾아와서, 내가 아버지를 배신할 수밖에 없도록 만든 일은 원한을 품어도 좋을 만했다. 인민군들이 우리 집을 빼앗아 본부로 삼고 엄마와 나를 다 무너진 산지기 집으로 내쫓았을 때, 용봉산 밑 피란 간 자기 형 집을 내준 일은 은혜라 불러도 좋을 법했다.

나는 눈길로 동네사람들을 헤집어 가며 엄마를 찾았다. 큰고모가 먼저 손을 번쩍 쳐들었다. 걱정하지 말고 생각대로 말하라는 듯 웃음마저 머금은 산들바람 얼굴이었다. 명선이를 업고 큰고모 옆에 서 있는 엄마는 소낙비 몰고 오는 바람꽃처럼 스산했다. 큰고모의 웃음도 엄마의 표정도 억지로 지어낸 그림이 분명했다. 아, 엄마는 삼촌 걱정이구나. 반짝, 골방 곡식자루 틈서리에 숨어 있을 삼촌 얼굴이 뒷머리를 잡아챘다. 머릿속이 종잇장처럼 하얗게 비워지고 뱃속에 괴어있던 모든 말들이 깨끗이 날아갔다. 눈을 들어 백월산 마루에 턱을 괸 저녁해를 올려다봤다. 해를 쳐다보면 눈이 부시게 마련이건만, 벌겋게 얼굴 붉힌 저녁 햇살은 눈에 넣어도 아프지 않을 듯 곱기만 했다. 기다리다 못한 순경이 오른손을 잡아챘다.

아버지를 잡아간 게 바로 이 사람 맞지.

잡힌 손목에 짜릿한 통증이 스쳐 갔다. 나는 순경의 얼굴을 찬찬히 바라봤다. 엄한 눈빛이 칼끝처럼 날아들었다. 나는 아무렇지도 않았다. 삼촌만 무사할 수 있다면, 내가 죄지은 게 아니므로 무서울 게 없었다. 순경의 눈빛에서 얼게미 흙탕물 빠지듯 피식피식 힘이 빠져나갔다. 애원에 가까운 찌꺼기만 남아서 질척댔다. 어젯밤 둘째고모가 엄마에게 퍼붓던 말들이 주르르 생각났다. 성님은 그리 맴이 무른 게 탈이여유. 끌려간 사람 살았는지 죽었는지 모르는 판에 어찌 그놈의 사정을 봐준단 말이유. 경찰서에 신고는 못헐망정, 이 집에설랑 당장 내보내도록 혀유.

그렇다면, 성낙이는 나쁜 놈일까. 이번엔 성낙이와 눈을 맞추었다. 깊이를 잴 수 없다는 아랫녘 용소처럼 컴컴한 웅덩이에서 두려움이 깃발처럼 펄럭였다. 나는 마음을 굳혔다. 아버지는 어찌 생각할는지 모를 일이로되, 아버지를 잡아간 인민군들을 집으로 데려온 것은 사실이로되, 그날의 내 손가락을 입에 담아낸 적 없잖은가. 게다가 삼동네 아이들이 성낙이, 성낙이, 함부로 이름을 불러대는 속없는 아저씨동무 아니던가. 내 입에서 말마디가 확, 터져나갔다.

아녀유. 성낙이넌 아니구먼유.

순경 입에서 갈라진 쇳소리가 터졌다.

너, 엊그제 보패재서 만났을 땐 성낙이가 아버지 잡아갔다 말하지 않았느냐.

아닌디유. 우리 아버지넌 인민군 둘이 쳐들어와서 끌구 갔다니께유.

순경이 동네사람들을 빙 둘러보면서 제 편도 좀 들어달라는 듯 호소하는 목소리를 밀어냈다.

거짓말이다. 새빨간 거짓말이야. 너는 어째서 아버지 잡아간 놈을 두둔한단 말이냐. 그건 아버지를 배신하는 짓이다. 부처님을 속이는 일이다.

혜영이 아빠가 한 발짝 더 나섰다.

성낙이 그 사람 아무 죄도 없네. 인공에서 강제로 동원된 것뿐일세. 누구에게도, 단 한 가지도 해코지를 한 일이 없네. 그것도 죄라면 내일 낮에 내가 데리고 경찰서로 가서 자수를 시키겠네. 그러니 오늘은 놔두고 그냥 돌아가게나.

 그 말을 받아 아랫집 데상이 우렁우렁 목청을 높였다.

 허 순경, 잘 알지 않나. 본서 수사과장이 내 아우일세. 저 사람 성낙이는 내가 보증험세. 내일 나도 함께 가서 자수를 시키겠네.

 바른대로 대답해라. 아버지 잡아간 게 이 사람 맞지.

 순경이 힘 빠진 목소리로 세 번째 다짐을 두었다. 나는 세 번째 아버지를 배신하기로 결심했다. 세 번째로 부처님도 속였다.

 아녀유, 성낙이넌 아니구먼유.

4. 하늘우물

　우물이 있었다. 사철 하늘이 넘실거렸다. 그래서 하늘우물이었다. 홍식이가 곤두박질을 쳤다. 출렁, 하고 가라앉았다. 나는 숨을 멈추고 기다렸다. 조금 있다가 저만치에서 불쑥 떠올랐다. 어푸, 어푸, 숨을 몰아쉬며 팔다리를 버둥거렸다. 나는 왼손으로 우물 가장자리 토관을 움켜쥐고 오른손을 내뻗었다. 닿지 않았다. 몸을 일으켜 그쪽으로 달려갔다. 늦었다. 그새 가라앉아버렸다. 아예 손을 뻗치고 기다렸다. 이번에도 저만치에서 떠올랐다. 손이 닿지 않았다. 다급하게 혜영이를 돌아봤다. 저만큼 비켜 서 있었다. 입술을 꼭 사려 물고 두 주먹을 움켜쥔 채 꼼짝도 하지 않았다. 나 혼자 애가 타고 몸이 달았다. 우물로 뛰어들어 안쪽에서 가장자리를 잡고 손을 뻗치면 닿을까. 한 발을 우물 토관에 걸치고 머리를 숙이는 순간, 뒤로 벌렁 넘어지며 엉덩방아를 찧었다. 혜영이 짓이었다. 솔개처럼 달려들어 내 허리띠를 낚아채 놓곤 말갛게 시치미를 떼었다. 나는 비칠거리며 괴춤을 추슬렀다. 손바닥이 화끈거렸다. 시멘트에 쓸렸는지 피가 내비쳤다. 그런 건 대수롭지 않았다. 우물물에 눈총을 박았다. 분명히, 떠오를 것이다. 이번에도 손이 닿지 않으면, 뛰어들어 움켜잡을 것이다. 나는 세 번째 기회를 노리며 우물 토관에 몸을 바짝 붙였다.

매미가 울었다. 냇가에 늘어선 미루나무에서 울었다.

며칠 전, 하늘우물에서 동생 명선이를 건져낸 일이 있었다.

하늘우물의 외양은, 시멘트 바닥에 둥근 토관 하나를 덜렁 얹어놓은 게 다였다. 토관 역시 시멘트였다. 오래되어 반질반질 닳은 데다 이끼가 끼어 미끄러웠다. 하늘우물은 힘이 좋았다. 우물물이 땅바닥보다 훨씬 높은, 아이들 가슴에 닿는 토관의 중턱까지 차올라 넘실거렸다. 네 살배기 명선이도 손으로 만질 수 있었다. 마을이 텅 빈 한낮. 청개구리 한 마리가 네 다리를 쫙 벌린 채 하늘을 떠받치고 빙빙 돌았다. 명선이가 재빠르게 손을 뻗쳤다. 청개구리가 더 빨랐다. 하늘을 헛짚은 명선이 손이 거꾸로 박혔다. 명선이도 첫 번째는 저만치서 떠올랐다. 왼손으로 토관 가장자리를 움켜쥐고 오른손을 내뻗었지만, 닿지 않았다. 몸을 일으켜 그쪽으로 달려갔을 땐, 가라앉아버렸다. 두 번째도 저만치서 떠올랐다. 손이 닿지 않았다. 달려갔으나, 기다려주지 않았다. 나는 침착하게 별렸다. 어른들이 주고받던 말이 귓전을 스쳤다. 사람이 물에 빠지면, 세 번은 떠오르게 마련이란다. 그랬다. 그날 명선이는 세 번 떠올랐고, 나는 놓치지 않았다. 내가 여덟 살, 명선이는 네 살. 명선이는 개구리참외처럼 가벼웠다.

매미가 울었다. 미루나무에서 목이 터져라, 울었다.

이번에는 절대로 놓쳐서는 안 되었다. 혜영이를 돌아봤다. 손이라도 잡고 뒤에서 버텨주면 좋으련만, 앙다문 입매가 어림도 없어

보였다. 마지막 기회건만. 안타까운 마음에 하릴없이 토관 가장자리를 쓰다듬었다. 미끄러웠다. 손바닥이 쓰렸지만, 아프지 않았다. 우물에 하늘이 넘실거렸다. 구름 한 점 없었다. 쿵쿵, 누가 내 가슴을 두드렸다. 퍼런 들판과 산 그림자에 짓눌린 마을 안쪽, 세상 끝까지 텅 비어 있었다. 쿵쾅쿵쾅, 누가 내 가슴을 홍식이보다 더 세게 두들겼다. 찢어질 듯 아팠다. 나는 가슴을 싸쥐고 주저앉았다. 혜영아, 혜영아. 외치고 불렀으나 목소리는 목구멍을 뚫지 못했다.

매미가 울었다. 세상을 온통 찢어발길 듯 길길이 울어댔다. 미루나무들이 선 자리에서 파랗게 얼어붙었다. 으앙, 난데없이 혜영이가 울음을 터뜨리며 발버둥을 쳤다.

성낙이네처럼 자기네 우물이 따로 있는 집들도, 하늘우물에서 길어다 먹었다. 마을사람들은 기껏 품을 들여 뜰 안에 우물을 파놓고도, 지고 온 물지게를 내려놓으며 말하곤 했다. 물맛이 달라.

홍식이를 건져 올리는 일은, 다급하고도 큰 공사였다. 하늘우물은 바닥이 깊고, 용솟음이 힘차서 인력으로는 퍼낼 수 없다고 했다. 읍내에서 기술자들을 불러왔다. 양수기 두 대를 들이대고, 해가 설핏 기울 무렵에야 겨우 바닥을 드러냈다. 그렇게 마을사람들이 모두 몰려와 하늘우물을 하얗게 뒤덮은 다음, 홍식이는 우물 밖으로 나왔다. 바닥부터 토관 아래까지는 석축을 했더군. 그 틈에 아이의 팔이 끼였더라고. 우물 속으로 내려가 홍식이를 찾아낸 기술자가 그렇게 툭 내뱉었다. 어른들 말이 다 옳은 게 아니었다. 충격이었다. 사람이 물에 빠지면 세 번은 떠오르게 마련이라는 말은,

진리가 아니었다. 상황에 따라서는 얼마든지 지켜지지 않을 수 있는 거짓이었다. 아이고, 내 새끼, 아이고, 내 새끼, 아이고, 내 새끼. 보이지 않고 믿어지지 않아 건성으로 흘려보내던 홍식이 할머니의 곡소리. 홍식이를 받아 안고는 딱 멎어버렸다. 혜영이는 자기 아버지 품에 기댄 채 여전히 조개처럼 입술을 앙다물고 버텼다. 얼마나 놀랐느냐. 소리 없이 다가온 어머니가 내 얼굴을 치마폭으로 감쌌다. 나는 어머니에게 씩씩하게 보이려고, 고개를 쳐들어 저녁놀 곱게 번진 서녘 하늘을 올려다봤다.

홍식이는 애장터에 묻혔다. 홍성제일국민학교 이 학년, 아홉 살이었다.

혜영이는 입을 열지 않았다. 나도 입을 다물었다. 하늘우물에 빠져 죽었다. 홍식이의 죽음은 그렇게 정해졌다. 사실이었다.

많은 이야기가 나고 스러졌다.

도지사댁 대가 끊겼군그래. 마을사람들 입에서 가장 먼저 터져 나온 탄식이었다. 홍식이 죽음을 두고 땅이 꺼지게 슬퍼한 사람은, 도청 관사에 작은댁 살림을 차린 도지사영감이라고 했다. 마을에는 본부인과 두 아들이 살았다. 홍식이는, 작은아들의 자식이었다. 큰아들이 혜영이만 낳았으므로, 홍식이는 도지사댁 장자였다.

도지사영감 욕심이 지나친 탓이야. 도지사 벼슬로도 모자라 선대의 유골을 용봉산 꼭대기로 파 옮긴 일을 두고 수군대는 소리였다. 아닌 게 아니라, 용봉산 꼭대기에는 묘 세 개가 나란히 솟아 있었다. 묘 앞에는 또 대문짝보다 큰 비석들이 버텨 서 있었다. 우리를 거기까지 몰고 올라간 홍식이가, 비석 글자를 소리쳐 읽게 했다. 두 해 동안이나 서당공부를 한 혜영이와 내게는 어려울 게 없는 주문이었다. 술술 읽어 내려갔다. 넓을홍 심을식, 홍식이 이름은 맨 아랫줄에 있었다. 눈에 불을 켜고 글자들을 헤집는 혜영이를 외면하고, 나는 비석의 무게를 가늠했다. 용봉산은 작은 금강산이라 불리는 험한 바위산이었다. 맨손으로 오르기도 힘든 가파르고 좁은 길로 무겁고 큰 비석을 어찌 옮겨왔을까. 의문이 꼬리를 물었다. 헬리콥터라도 불러댄 것일까. 도지사영감의 권세라면 못 할 일도 아니었다. 비석에 혜영이 아버지 이름은 있어도 혜영이 이름은, 없었다. 야, 저기 좀 봐. 나는, 당연한 일을 두고 미련 못 버리는 혜영이 안타까워 목청을 돋웠다. 사방이 탁 트인 곳이었다. 남으로는 홍성제일국민학교가 있는 읍내까지, 북으로는 수덕사와 덕숭산 넘어 가야산까지, 동으로는 대흥산 아래 금마까지, 서로는 태안 해안을 핥아대는 파도의 거품까지 한눈에 들어왔다. 세상에서 가장 높은 자리 뽐내기에 부족함이 없었다.

오냐오냐, 싸고돈 탓 아닐까. 그건 맞는 말이었다. 도지사영감 작은아들의 소생이면서도 두 달 먼저 태어났기에 혜영이의 오빠가 돼버린 홍식이였다. 도지사영감이 딸자식은 사람으로 치지 않는다고 했다. 홍식이 할머니조차 딸자식은 찬밥 취급이었다. 혜영이와 내게는, 할아버지 할머니 사랑을 독차지한 홍식이의 세도를 당해낼 재간이 없었다. 홍식이는 추장이었다. 혜영이와 나, 졸개가 둘뿐인 추장이었다. 백 명도 넘는 마을아이들은 홍식이와 마주칠 일이 없었다. 국민학교 입학 전의 홍식이는 행동반경이 좁았고, 국민학교에 입학한 뒤에는 다니는 학교가 달랐다. 마을아이들은 십 분 남짓 거리에 있는 용봉분교에 다녔다. 홍식이가 눈에 띄기라도 할라치면, 뱀 꼬리 감추듯 슬슬 피했다. 용봉분교는 전교생이 2백 명도 안 되었다. 홍식이는 도지사댁 장자였으므로, 그따위 똥통학교에는 다닐 수 없었다. 전교생이 5천 명이 넘고, 걸어서 한 시간쯤 걸리는, 십리 밖 읍내 홍성제일국민학교에 입학했다. 혜영이는 홍식이 길동무가 돼야 했으므로, 당연히 함께 입학했다. 나는 무턱대고, 혜영이를 좇아갔다. 마을에 아이들이 많더라도, 아무나하고 동무할 수 있는 게 아니었다. 집안 형편과 부모들의 지체가 엇비슷해야만 했다. 국민학교에 입학하기 전, 홍식이와 혜영이와 나는 서당 공부를 함께했다. 혜영이 아버지가 친구의 아들인 나를 끼워준 덕분이었다. 인민군들에게 끌려간 우리 아버지를 생각하고 베푼 시혜였겠으나, 내게는 재앙이었다. 덕분에 다섯 살 때부터 홍식이의 졸개가 되었다. 홍식이와 혜영이는 나보다 한 살 위, 개띠였다. 홍식이는 나보다 몸집도 크고 힘도 셌다. 나 같은 약질은 상대가 못 되었다. 나는 자주 얻어맞았고, 코피가 터졌다. 혜영이도 자주 울었다. 혜영이는 한 살 어린 나보다도 키가 작았다. 혜영이는 내 콧등 터트리는 홍식이를 가로막다가 뺨을 맞았고, 나는 혜영이 머리채를 감아쥐는 홍식이를 떼어내다가 걷어차였다. 그랬거든, 그 둘이 국민학교에 입학하게 됐을 때, 헤어졌어야 옳았다. 꼭 학교에 가고 싶거든, 마을아이들처럼 가까운 용봉분교에 입학하면 되었다. 그렇게 하지 않았다. 나 역시 똥통학교에는 다닐 수 없었으므로, 아직 나이가 모자라는 일곱 살에, 어머니를 졸랐다. 적의 적은 동지라 했던가. 혜영이와 떨어지기 싫어서였다. 결국, 나이가 모자라는 나를 홍성제일국민학교에 입학하도록 주선한 것도 혜영이 아버지였다.

  그래도 인정 있고 인사성 밝은 애였어. 아낌없이 던지는 덕담인 듯했으나 그것은, 마을사람들을 채마밭 개똥쯤으로 치는 도지사영감을 인자한 어른이라 추앙하는 거나 똑같은 망발이었다. 나는 아버지가 마을사람들 앞에서 했던 말을 똑똑히 기억하고 있었다. 부자 하나가 나오면, 여덟 동네가 망한다네. 정확한 뜻을 헤아릴 수는 없었지만, 세상에 선량한 부자는 없다는 말 아닐까싶었다. 그렇더라도, 마을사람들에 대한 홍식이의 인사성은 각별했다. 언제 어디서나, 마주치는 족족 신분을 가리지 않고 깍듯하게 고개를 숙였다. 마을사람들은 도지사댁 장손의 인사를 받는 것만으로도 감격했다. 그렇지만, 우리 셋만 따로 있을 때는 표범이 토끼 어르듯, 달래가며 뺨을 쳤다. 혜영이와 나에 대한 길들이기는 홍식이 나이 여섯 살 때부터 시작됐다. 세 명이 앉아 배우는 서당에서, 우리는 홍식이보다 똑똑해서는 안 되었다. 훈장님이 무언가 질문을 할 때도, 강을 외워 바칠 때도, 홍식이보다 잘하는 표를 내서는 안 되었다. 드문드문 내려오는 도지사영감님 앞에서도, 다른 어른들 앞에서도 마찬가지였다. 어쩌다 깜빡 잊고 나섰다가는 산이나 들로 끌려갔고, 반드시 코피가 터졌다. 어른들의 칭찬은 홍식이만 받아야 하는 독점물이었다.

홍식이는 타고난 명필이었다지. 거 왜, 한석봉이 났다고 칭찬이 자자했잖남. 빤한 사실을 두고 너도나도 말추렴에 나섰지만, 홍식이 글씨 솜씨 빼어난 것은 사실이었다. 대여섯 살배기 어린아이들이 글을 익힌들 얼마나 알겠는가. 그리 넘겨짚기에, 어른들이 아이들에게 글의 내용을 묻는 일은 드물었다. 그에 비해 글씨는 한눈에 알아볼 수 있는 물건이었다. 반듯하게 균형 잡힌 홍식이의 글씨를 보고 감탄하지 않는 이는 없었다. 글씨 잘 쓰는 것과 학문 깊은 것은 다르련만, 구분할 줄 아는 이도 없었다. 칭찬을 독점하는 동안 홍식이의 폭력은 잠잠했고, 그것이 혜영이와 내게는 평화였다. 그렇더라도, 주머니에 든 송곳이었다. 아는 걸 숨기기란, 쉬운 일이 아니었다. 나는 적당히 비겁하고 체념이 빨랐지만, 혜영이는 아니었다. 집안 어른들의 딸자식 차별만도 참아내기 힘든 판에, 날마다 들어야 하는 홍식이 칭찬이었다. 어린 계집아이 심사가, 보이지 않는 곳에서, 물레에 감기는 실타래처럼 배배 꼬였을 것이다.

학교 성적도 좋았다더군. 물색없이 내뱉는 어른들의 말치레였다. 물론 국민학교 일학년 한 해 동안의 홍식이 성적은 나무랄 데 없었다. 이 년씩이나 서당공부를 했으니, 바보 아닌 다음에야 왜 못 따라가겠는가. 십리 밖 통학생이었으므로 셋은 한 반에 들었고, 혜영이도 나도 홍식이 제쳐두고 선생님 칭찬을 구걸하지 않았다. 그때는 따로 시험을 치는 일도, 성적을 매기는 일도 없었다. 게다가 홍식이네 큰머슴이 줄곧 따라붙었다. 십리 통학길에 냇물이 불어나면 업어 건네거나, 책보를 들어주거나, 길목을 막고 괜한 시비를 거는 소향리 아이들 텃세를 막아주기도 했다. 이른바 호위병이었는데, 그 덕을 톡톡히 본 것은 되레 혜영이와 나였다. 다른 사람의 눈이 있는 한, 홍식이는 욕설조차 입에 담지 않는 착한 어린이였다. 이 학년에 오르면서 태평성대가 깨졌다. 셋은 각기 다른 반으로 뿔뿔이 흩어졌다. 홍식이는 그대로 일 반이었지만, 혜영이는 삼 반으로, 나는 십이 반으로 갈렸다. 초여름에 접어들자마자 일제고사를 치렀고, 학부형 도장을 받아오라는 성적표가 나왔다. 홍식이 앞에 닥친 재앙은 그것으로 그치지 않았다. 셈이 어두운 홍식이 산수 점수는 바닥을 기었는데, 영특한 혜영이는 전교 일등을 해버렸다. 매를 벌어도 아주 크게 벌어들인 셈이었다. 당장에 홍식이네 큰머슴의 호위가 사라졌다. 이젠 길이 익었으니, 잘 다닐 수 있다며 홍식이가 자청한 결과였다. 그게 홍식이의 잔꾀라는 걸 알았지만, 대책이 없었다. 코피가 터지고 머리채를 쥐어 뜯겼다. 우리들을 둘러싼 음험한 기운이, 보패재에서 굴러떨어지기 시작한 바위처럼 걷잡을 수 없게 돼버린 것이 그 무렵부터였을까. 혜영이는 한 치도 물러서지 않았다. 홍식이의 행패도 그악스러워졌다. 하굣길에 오줌이 급한 혜영이가 다복솔 뒤로 숨어 부끄릴라 치면, 승냥이처럼 발소리 죽이고 다가가서 젖은 자리에 주저앉히기를 일삼았다.

말치레나 말추렴도 거듭하다 보면 덧거리질이 되게 마련이었다.

믿거나 말거나 보태거나 빼거나, 뜬소문 비구름 오락가락하는 사이 장마철로 접어들었다. 비가 내려도, 홍식이가 없어도 학교는 꼬박꼬박 다녀야 했다. 천덕꾸러기 계집아이에서 도지사댁 무남독녀 금지옥엽이 된 혜영이에게 호위병이 따라붙었다. 큰머슴이 아닌 꼴머슴이었지만, 여전히 덕을 본 건 나였다. 홍식이의 빈자리가 당장 눈에 띄지 않았을 뿐 아니라, 혜영이와 단둘이 먼 길 오가는 당혹스러움에서 놓여날 수 있었다. 사촌오빠의 죽음을 목격한 어린 계집아이가 길바닥에서 경기라도 일으킬세라 싶었던 염려는, 혜영이 할머니 기우였다. 당찬 데다 영특하기까지 한 혜영이였다. 홍식이의 홍 자도 입 밖에 내지 않았고, 슬퍼하기는커녕 콧물 한 번 들이켜는 일이 없었다.

  그 여름의 막바지, 큰물이 졌다. 밤새 장대비를 퍼붓더니, 마을 앞 용봉산자락을 휘감아 흐르는 한내가 둑을 타 넘어 들판을 휩쓸었다. 삼십 년만의 홍수라고 했다. 마을 앞 문전옥답 대부분이 도지사댁 논이었다. 날이 새면서 비 개고 물이 빠졌으나 들판은 참담했다. 냇둑도 논둑도 경계를 허물어 모래밭이 되었고, 이삭 밴 벼들이 허리 꺾고 흙탕에 파묻혔다. 비상사태였다. 혜영이 호위병도 아침에만 따라붙었다가 되짚어 돌아갔다. 쓰러진 벼 일으켜 세우는 데는 꼴머슴의 손도 아쉬웠다. 내게는, 잔뜩 찌푸린 하늘만큼이나 답답한 오후가 닥쳐왔다. 여우처럼 목을 늘이고 길목을 지키는 소향리 아이들에게, 혼자 오는 계집아이란 좋은 먹잇감일 게 뻔했다. 그걸 알면서, 그 아가리에 혜영이를 던져줄 수는 없었다. 싫어도 함께 걸어야 하는 십리 하굣길이었다.

　읍내에서 마을로 가는 지름길은 서문 밖 여울의 징검다리를 건너뛰고, 좁은 논둑길로 들판을 가로지르고, 피란민이 모여 사는 소향리를 휘돌고, 크고 작은 밥사발을 아무렇게나 엎어놓은 듯 울퉁불퉁한 공동묘지를 에돌고, 보패재를 넘어야 했다. 물론, 큰길은 따로 있었다. 읍내에서부터 수덕사를 거쳐 해미 서산까지 뻗은, 자동차가 오가는 신작로였다. 그 길로 접어들어 오 리쯤 가면 백월산 기슭에 다다르고, 거기서 십리를 더 가면 까치고개였다. 마을은 까치고개 넘어 삼거리에서 동쪽으로 오리길이었다. 도합 이십 리, 신작로는 보패재 지름길보다 갑절이나 멀었다.

　읍의 서북쪽에 있는 백월산 줄기는 까치고개에서 북과 동, 두 갈래로 찢어진다. 그중 동쪽 줄기가 시오리를 기세 좋게 내달리다가 용봉산 턱밑에서 발끈 머리를 쳐들고 우뚝 멈췄는데, 용머리다. 보패재는 머리를 쳐들기 직전 목덜미쯤을 어슷하게 갈라붙인 마찻길이었다. 까치고개에서 보패재까지 십리가 넘는 기다란 산줄기는 혜영이네 산, 보패재에서 용봉산 턱밑까지 짤막한 산줄기는 우리집 산이었다. 성벽처럼 마을을 둘러싼 산등성이 양쪽에는 키를 넘긴 다복솔이 자우룩이 우거져 있었다. 읍내에서 고개를 쳐들면, 잿물에서 막 건져낸 좁다란 허리띠가 초록빛 하늘에 내걸린 듯 아득했다.

　혜영이는 오랜만에 단둘이 걷는 게 좋은가 보았다. 길이 좁아도 어깨 부딪칠 정도는 아니건만, 어깨와 팔다리를 툭툭 부딪치곤 했다. 염려했던 것처럼 서먹하거나 싫지도 않았다. 웬일인지 심술궂은 소향리 아이들도 눈에 띄지 않았다. 오가는 길손도 없었고, 공동묘지를 에돌아 보패재 아래에 다다를 때까지 아무런 일도 일어나지 않았다. 고갯길로 막 접어들자 단둘이 걸을 때 늘 그랬던 것처럼, 혜영이가 가만히 손을 뻗어 내 손을 잡았다. 땀이 살짝 밴 촉촉한 손가락들이 손바닥 안에서 꼬물거리는 느낌이 묘했다. 홍식이 모습이 왈칵 떠올랐다.

먼저 가라, 오줌 마렵다. 나는 혜영이 손을 탁 털어내고 돌아서서 괴춤을 끌렀다. 혜영이 두말없이 돌아서서 타박타박 걸어갔다. 참았던 오줌발은 세차고 길었다. 오줌을 다 누고 괴춤을 여밀 때였다. 휘리릭, 바람 한 자락이 다복솔 우듬지를 밟아 디디며 내달았다. 후둑 후두둑, 빗방울이 어깨를 때렸다. 남쪽 하늘에서 비구름이 새까맣게 몰려왔다. 마을까지는 외딴집 하나 없었다. 뒤를 돌아봐도, 공동묘지 저쪽 소향리까지 텅 빈 들판뿐이었다. 뛰자. 이번에는 내가 혜영이의 손을 잡고 뛰었다. 길은 가팔랐고, 비바람은 쏜살같았다. 우리들의 달리기는 가위눌린 꿈속처럼 제자리걸음이었고, 달려온 빗줄기는 사정없이 온몸을 두들겼다. 찢어질 듯 헐떡이는 가슴에 책보를 품고 한 손으로 혜영이 손을 틀어쥔 채 달리면서, 나는 큰고모에게 들은 여우 이야기를 떠올렸다.

옛날 어떤 마을에 재를 넘어 서당에 다니던 총각이 있었다. 어느 날 고갯마루에 나타난 예쁜 처녀가, 총각의 입에 향기로운 구슬을 넣었다가 꺼내 갔다. 다음 날도 그다음 날도 똑같은 일이 되풀이되었다. 구슬을 입에 물면 기분이 천국에 든 듯 황홀했건만, 총각은 날이 갈수록 비실비실 야위어 갔다. 근심이 깊어진 총각의 할머니가 무당을 찾아가 물었다. 그 구슬을 꼴깍 삼키면 된다. 총각은 다음날 무당의 말대로, 예쁜 처녀가 입에 넣어주는 구슬을 눈 딱 감고 삼켜버렸다. 그 자리에서 죽어 넘어진 처녀의 옷자락 밖에는, 아홉 개의 꼬리가 삐져나와 있었다.

보패재 꼭대기, 우리 집 산자락을 타고 앉은 커다란 바위가 하나 있었다. 그 밑에 어른 네댓 명은 너끈히 들어앉아 비를 그을 수 있는 굴이 뚫려 있어, 이름이 치마바위였다. 우리는 가쁜 숨을 몰아쉬며 그곳으로 파고들었다. 이미 더 젖을 것 없게 쫄딱 젖어 있었다. 책보를 끌러 이리저리 널어놓고, 주렴처럼 촘촘한 빗줄기를 하염없이 바라보았다. 맞은편 저 아래로 혜영이네 산자락을 깎아 세운, 어른 키로 열 길이 넘는 여수바위가 내려다보였다. 큰고모 말에 따르면, 왜놈들 시절에 여수바위에 진짜 여우가 살았단다. 달밤이면 여우들이 바위에 나앉아 우우우, 울부짖어 밤길 걷는 사람들을 심란하게 만들었다. 어느 해 겨울방학 때, 전문학교에 다니던 삼촌이 친구들을 몰고 왔다. 학생들은 겁이 없었다. 여수바위 앞에 짚단을 쌓아놓고 불을 질렀다. 여우 네 마리가 차례로 튀어나와 타 죽었다. 그런데, 맨 나중의 한 마리는 용케도 불길을 뚫고 도망쳤다. 큰고모가 토를 달았다. 네가 꾀를 부려 공부를 안 하거나 말을 잘 안 들으면, 그때 도망친 여우가 찾아와 복수할지 모른다. 나는 생시에도 여우 꿈을 꾸었다. 총각이 구슬을 삼켜 죽어버린 여우와,

삼촌이 지른 불구덩이에서 타죽은 네 마리 여우와, 용케 살아남아 도망친 여우가 꿈속에서 제각기 우우우, 울부짖었다.

나도 오줌 마렵다. 혜영이가 뒤로 몇 걸음 옮아앉아 부스럭거렸다. 나는 모른 척, 여수바위 내려다보는 눈에 힘을 꽉 주었다. 스시 부사솨, 바닥을 헤집는 물소리가 뚝 그쳤다. 광선아. 혜영이가 나를 불렀다. 짧고 다급한 목소리였다. 고개를 홱 비틀었을 때, 눈에 들어온 건 아직도 무방비 상태인 혜영이에게로 엉금엉금 기어가고 있는 커다란 두꺼비였다. 무언가 행동을 취해야 한다는 건 생각뿐, 나는 얼어붙었다. 어지럼증이 도진 듯 세상이 빙빙 돌았다. 아이들의 노랫소리가 귓속으로 밀려들었다. 여우야 여우야 뭐하니. 밥 먹는다. 무슨 반찬. 두꺼비 반찬. 죽었니 살았니. 두꺼비가 갑자기 앞다리를 쳐들고 풀쩍 뛰었다. 정신을 놓친 내가 픽 쓰러졌다.

여름방학이 끝나갈 무렵까지도, 나는 자리를 털고 일어나지 못했다. 치마바위에서 나를 집으로 업어 나른 것은, 서둘러 비 마중을 나오던 혜영이네 꼴머슴이었다. 집에 들어서면서부터 당장 앓아누운 병은 읍내에서 왕진 온 의원도 못 고쳤고, 동막골 큰무당의 영험도 몰아내지 못했다. 다 아는 걸 또 배우는 학교야 빠져도 대수로울 게 없었지만, 멀쩡한 몸으로 비실대는 것은 큰일이었다. 집 안에 약 달이는 냄새가 그치지 않았고, 목구멍 타 넘는 쓰디쓴 한약은 갈수록 역겨워졌다.

아버지 없는 살림 혼잣손으로 꾸려내는 어머니는 바빴다. 놉을 얻기도 어렵고 일손 빌리기도 힘든 시절이었다. 어머니는 어린 동생을 업고 온종일 논밭을 누볐다. 그러는 동안, 나는 텅 빈 집안을 뒹굴면서 헛생각을 끝도 없이 궁굴렸다. 성낙이를 앞세워 찾아왔던 인민군들에게 아버지 숨은 데를 알려준 일이, 가장 큰 후회였다. 따지고 보면, 어머니의 고생은 모두 내 탓이었다.

어른들 말 중에 소나기 삼형제가 있었다. 좋지 않은 일도 세 차례 거듭된다는 뜻이었다. 그 여름 내게도 궂은일 한 차례가 더 남아있었다.

가끔 혜영이가 약과나 깨강정, 곶감 같은 걸 싸 들고 찾아왔다. 다니는 학교가 다르다는 것은, 피부 색깔 다른 것에 버금갔다. 마을에 아이들이 많아도 용봉분교에 다니는 아이들과는 어울리게 되지 않았다. 혜영이가 유일한 친구일 수밖에 없었다. 그렇건만, 예전 같지 않았다. 할 말이 별로 없었다. 혜영이도 힘없이 넋을 잃고 천장만 올려다보는 나를, 물끄러미 쳐다보다가 돌아가곤 했다.

그러던 내게 용봉분교에 다니는 친구가 생겼다. 건넛마을 김초시네 막내딸 말자였다. 이웃 성낙이 각시 늦둥이 동생이었는데, 나보다 두 살 많은 열 살이었다. 키가 나보다 한 뼘은 큰 애어른이었지만, 여덟 살에 입학해서 용봉분교 삼 학년이었다. 여름방학 동안 아이보기로 성낙이네 집에 와 있기로 했다며, 심심할 때마다 만만한 우리 집으로 발걸음을 놓았다. 어머니가 더 반겼다. 말자의 손끝이 야물어서, 가끔은 내 점심 차려주는 일을 맡기기도 했다. 행인지 불행인지, 혜영이와 말자가 마주치는 일은 일어나지 않았다. 혜영이는 주전부리를 들고 와서 가만히 앉아 있다 돌아갔고, 말자는 마루와 방을 서성이며 업은 아이를 추스르거나 어르곤 했다.

개학을 일주일쯤 앞둔 어느 날 오후. 말자가 전에 없이 빈 몸으로 찾아왔다. 들어서자마자 문고리를 걸었다. 이상했다. 여름 한낮에 추울 리는 없었다. 더 이상한 건 다음이었다. 옷을 활활 벗더니, 숨을 할딱이면서 활개를 펴고 발랑 누웠다. 어젯밤 형부랑 언니, 아기 만드는 거 봤다. 나도, 아기 갖고 싶다. 그런데, 모를 일이었다. 고추가 영문도 모른 채 빳빳하게 약이 올랐다. 나도 얻어들은 건 있었다. 몸을 비스듬히 가져다 붙이고, 말자의 몸을 가늠해 보았다. 그때였다. 문밖에서 마룻장 어긋나는 소리가 삐걱, 했다. 창호지에 젖은 구멍이 뚫려 있고, 누군가의 눈이 얼른 스쳤다. 후다닥 옷을 걸쳐 입고 문을 열어젖혔다. 아무도 없었다. 달려 나가 대문 밖을 내다보았다. 저만치서 명선이가 주먹으로 눈두덩을 문지르며 울고 있었다. 하릴없이 돌아서는데, 말자가 외면을 한 채 신발을 꿰며 마당으로 내려섰다. 언젠가 머슴방 앞을 지나다 주워들었던 말 하나가 주르르, 떠올랐다. 아이 만드는 일, 개산에 가서 나무 한 짐 해오는 것보다 힘들다네. 개산이란 용봉산과 덕숭산 뒤편 이십 리 밖의 가야산을 이르는 말이었다. 알 듯싶었다. 아이 만드는 일은 이래저래 힘들고 골치 아픈 일인 게 분명했다.

말자는 두 번 다시 찾아오지 않았다. 어쩌다 길에서 마주쳐도 고개를 외로 꼬았다. 나로서는 억울하기 짝이 없었다. 졸지에 모처럼 사귄 친구 하나를 잃고 말았다. 대신 혜영이의 발길이 잦아졌다.

한내 상류에는 혜영이네 원두막이 있었다. 참외와 수박밭을 지키는 파수막이었다. 할머니가 수박을 따 주시겠다며 너를 데려오래. 개학 전날 찾아온 혜영이의 첫마디였다. 그 말은 조금 이상했다. 혜영이 할머니는 평소에도 나를 살갑게 대하는 법이 없었다. 홍식이가 하늘우물에 빠져 죽을 때 그 자리에 있었다는 사실만으로도, 몹쓸놈으로 찍히기에 충분했다. 일부러 정성 들여 인사해도 숙였던 고개를 쳐들고 보면 먼산바라기이기 일쑤였다. 그렇더라도 자고 나면 학교에 가야 했으므로, 나로서도 그쯤 나들이를 마다할 수 없었다. 여름내 누워 있는 사이 내 마음도 많이 헐거워져 있었다. 혜영이가 잡는 손을 뿌리치지 않고 한내 둑까지 걸어갔다. 장마철이 지난 지 오래지 않아 냇물은 넘쳐흘렀다. 붕어와 피라미가 물살을 갈랐고, 모래무지와 미꾸라지가 바닥을 헤쳤다. 날씨는 무더워 등허리에서 땀이 흘렀다. 우리 미역 감고 가자. 혜영이가 속삭이면서, 느닷없이 나를 앞으로 밀었다. 전에 없던 짓이었다. 둘이 한 덩어리로 떨어지면서 풍덩, 자맥질했다. 냇물은 허리쯤 찼다. 거세지 않은 맑은 물결이 종아리를 휘감아 간질이는 게 싫지 않았다. 자, 간다. 혜영이가 내 얼굴을 향해 물탕을 튀겼다. 나도 맞받아 물탕을 튀겼다. 조금씩 물살을 거슬러 오르며 참외밭에 닿자, 누가 먼저랄 것 없이 원두막에 올랐다. 원두막을 스쳐 가는 바람결은 시원했다. 흠뻑 젖은 옷가지가 문제였다. 할머니 오시려면 멀었다. 우리, 벗어서 말리자. 혜영이 먼저 옷을 벗어 쥐어짜 볕에 널고는, 편하게 드러누웠다. 왠지 그래도 될 것 같았다. 나도 옷을 벗어 짜 널었다. 한꺼번에 많이 나댄 탓인지 몸뚱이가 나른했다. 벌렁

누웠다. 눈꺼풀이 지남철같이 철썩 들러붙었다.

지금도 나는, 혜영이가 일부러 나를 함정에 빠뜨렸다고는 믿고 싶지 않다. 그곳으로 나를 이끈 것은 혜영이였지만, 모든 일들은 우연의 결과여야만 했다. 그렇지 않다면 왜, 때를 맞춘 듯 달려온 혜영이 할머니가 그 광경을 목격했겠는가.

우연의 결과는 가장 나쁜 쪽으로 혹독하게 진행되었다. 혜영이는 아홉 살이였고 나는 한 살 어린 여덟 살이었건만, 혜영이는 키 작은 계집아이였고 나는 덩치 큰 사내였다. 잠결에 나를 더듬어 안은 게 맞건만, 혜영이는 입을 열지 않았다. 나도 입을 다물었으므로, 책임은 고스란히 내 몫이 되었다. 소식을 듣고 진노한 도지사 영감이 내려왔다. 어머니가 마당에 꿇어앉아 빌고 또 빌었으나 용서라는 말은, 떨어지지 않았다. 혜영이는 도청이 있는 대처로 전학해 갔고, 나는 애비 없는 후레자식이 되었다. 읍내 홍성제일국민학교까지 십리 길이 홀로된 내 앞에 그림자처럼 길게 늘어졌다.

전쟁이 끝났을 때도 소식이 없던 아버지가 돌아왔다. 성낙이와 함께 들이닥쳤던 인민군에게 끌려간 뒤 삼 년이나 지난 다음이었다. 북으로 끌려가다 미군의 포로가 되고, 수용소에 갇혔다가 풀려나고, 석방과 함께 국군이 되어 전방서 싸우다 제대했단다. 원없이 기뻐해도 좋을 아버지의 귀환이, 나 때문에 슬픔이 되고 말았다.

아무 걱정 말거라. 인민군에게 끌려가던 그날처럼, 아버지는 내 머리를 쓰윽 한 번 쓰다듬고는 대문을 나섰다.

큰고모 말로는, 아버지는 옷도 갈아입지 못한 채 그길로 도지사 댁으로 갔다고 했다. 무릎꿇구 댓가를 치렀단다. 도지사댁 문전옥답 안쪽에 낀 논 열두 마지기짜리 두 필지 중 하나를 두 손으로 바치구서야, 용서라는 말이 떨어졌단다. 큰고모는 훗날에라도 잊지 말라며 덧붙였다. 그건 본디 도지사댁 논이었단다. 네 아비가 일본군에 들어갔다가 해방이 되구 남양군도에서 돌아왔을 때, 친일파루 몰렸던 도지사댁은 농지개혁을 앞두구 곤란지경에 빠졌단다. 그때 네 아비가 열두 마지기짜리 한 필지를 헐값으루 사들였단다. 그리구 또 한 필지는, 실성했던 도지사댁 큰마님이 양잿물 섞은 막걸리를 마시구 돌아가신 네 할아버지 목숨값으루다가 네 아비 손에 떨어졌단다. 나중에 정부가 들어서구 나서, 일제 때 부지사를 허던 영감이 떡허니 도지사가 돼와선 되팔라구 혔으나, 네 아비가 팔지 않았던 논이다.

혜영아, 이 글 읽고 있니. 새삼스럽게, 너를 원망하진 않으마. 하지만, 그날 나머저 우물에 밀어 넣었어야 했다. 내가 두 번씩이나 우리 아버지를 배신하는 아들이 되지 않게끔. 혜영이가 홍식이를 우물에 밀어 넣었다는 말, 입 밖에 내지 못하게끔.

5. 가재춤

　횃불을 치켜들고 금광의 좁은 입구로 머리부터 밀어 넣는다. 바닥과 벽이 어깨와 가슴을 차례로 쓰다듬으며 죄어든다. 물이 줄줄 흐르는 흙벽은 더러는 물컹거리기도 하고 더러는 딱딱하기도 하다. 파충류 같은 찬피동물이 휘감겨 오기라도 하듯 진저리가 쳐진다. 안쪽에서 찬바람 한 가닥이 왈칵 몰려나온다. 마른 쑥대를 묶어 태우는 홰의 불꽃이 우쭐, 춤을 추며 얼굴로 달려든다. 머리를 푹 숙이고 뱀처럼 뒤틀며 꿈틀, 몸뚱이를 앞으로 밀어낸다. 한두 번 드나든 게 아니건만 음산하고 차가운 기운을 떨쳐내기는 번번이 어렵다. 삼사 미터쯤 되는 굴의 통로가 아홉 살짜리의 가슴이 끼일 듯 비좁은 탓이다. 예전에 금을 캐낼 때는, 덩치 큰 어른들 어찌 드나들었을까. 요즘도 조대흙 캐려고 동네 아이들이나 어른들 심심찮게 드나들고 있잖은가. 불가사의가 따로 없다. 입구만 통과하면 안쪽은 널따랗다. 천장은 어른도 일어설 만큼 높고, 한가운데 멍석만 한 웅덩이에서는 사철 맑은 물이 흘러넘친다. 굴은 웅덩이 맞은편에서 다시 어디론가 이어지는데, 입구가 거의 다 물에 잠긴 걸 보면 아무래도 아래쪽으로 비스듬히 뚫린 듯하다. 한때 거기에 용이 살았다는 말은 실없는 어른들이 지어낸 전설일 것이다. 몸피가 작은 다섯 살짜리 명선이는 거침이 없다. 한 손엔 깡통, 한 손엔 마른 쑥대묶음을 들고도 금세 따라붙는다. 금맥 앞으로 다가와 얼른 깡통을 내려놓고 횃불을 받아 든다. 언제 적 흔적인지 알 수 없는 곡괭이 자국이 생생한 흙벽은, 열 발짝이나 스무 발짝 간격으로 한 뼘 남짓 아가리를 벌린 틈새가 천장으로 뻗쳐있다. 그 틈새에는 아주 단단한 돌들이 이리 금 가고 저리 깨진 채 촘촘히 박혀 있는데, 어른들은 그것을 금맥이라고 부른다. 그런 돌들 사이에 금광석이 섞여 있게 마련이란다.

조대흙은 그 돌들을 양쪽에서 두툼하게 감싸고 틈새마다 덩어리로 엉겨 붙어 있다. 조대흙이란, 차진 질흙의 다른 이름이다. 나는 그걸로 방학숙제 중 한 가지인 공작을 해볼 요량이었다. 알맞게 차지고 적당히 부드러워 탱크나 대포 모형 만들기에 안성맞춤이었다. 나는 명선이가 횃불을 새것으로 옮겨 붙이기 전, 깡통에 절반쯤 긁어 담았다. 누가 지켜보지 않더라도, 필요 이상의 조대흙을 파가는 사람은 없었다.

밖으로 나올 때는 명선이를 앞세웠다. 비좁은 통로에서, 머리는 밝은 곳에, 다리는 어두운 곳에 둔 채 몸뚱이를 비틀어 대는 기분은 축축하고 질척했다. 용이든 귀신이든, 뒤에서 발목을 잡아당기는 듯싶었다.

그 사이 한낮의 햇살이 산그늘을 논배미 가장자리까지 끌어다 덮어놓았다. 가재를 잡으려면 손을 비워야 했다. 금광 입구 풀숲에 감춰뒀던 오동잎을 펼쳤다. 찐고구마 두 개가 튀어나왔다. 명선이와 하나씩 나눠 들고 껍질째 베어 물었다.

　엄마는 어제오늘 우리 형제를 가재울로 내몰았다. 가재를 잡아 오너라. 나도 명선이도 까닭을 묻지는 않았다. 홍역에는 가재즙을 먹여야 열꽃이 확 피고, 그래야만 애기가 살아날 수 있다는 건 온 동네 아이들 다 아는 상식이었다. 동네에는 홍역 앓는 아이들이 끊이지 않았다. 그 때문에 동네에서 태어나는 아이들은 두 돌 넘길 때까지는 이름이 없었다. 모두 애기로 불렸다. 한여름에 엄마 애간장 다 녹이는, 돌잡이 여동생도 홍역을 앓았.

　백월산 줄기가 가랑이를 벌리기 시작하는 막다른 골짜기. 다급히 쏟아져 내린 물줄기가 파놓은 웅덩이가 첫둠벙이요, 거기서부터 층층이 늘어선 다랑논 양쪽으로 갈라져 마을까지 흘러내리는 도랑이 가재울이었다.

　명선이가 깡통에서 쏟아낸 조대흙을 오동잎에 싸 오른손에 쥐고, 빈 깡통은 왼손에 쥐었다. 금광은 가재울이 한내로 흘러드는 언덕 아래였다. 거기서부터 첫둠벙까지, 도랑을 더듬어 오를 참이었다. 나는 검정고무신 신은 그대로 산기슭과 논배미 사이, 도랑으로 내려섰다. 장마 전이라서 물이 많지 않은 게 다행이었다. 동네 아이들이 발 담그고 오래 버티기 내기를 할 정도로, 가재울 물은 한여름에도 얼음장 같았다.

　도랑물은 고운 흙에 건성드뭇 섞인 모래알까지 헤아려질 듯 맑았다. 바윗돌 까부숴 돌덩이, 돌덩이 깨뜨려 돌멩이, 돌멩이 쪼개서 자갈돌, 자갈돌 빻아서 모래알, 모래알 으깨서 흙덩이, 흙덩이

뭉쳐서 바윗돌, 라랄라랄라. 동네 아이들이 제멋대로 바꿔 부르는 풍화작용 노래 가사가 저절로 떠올랐다.

흐르는 물은 맑아도 도랑이란 오래 묵은 논배미에 물을 대는 수로였다. 세월의 더께가 곱게 부서지고 가라앉아 앙금으로 쌓였다. 발 디디고 돌 뒤집고 바위틈 헤집을 때마다 그것들이 흙탕물로 피어났다. 한 번 피어난 흙탕물은 좀처럼 가라앉지 않았다. 가재를 잡을 때 하류에서 상류로 더듬어 올라가야 하는 이유가 그것이었다.

가재를 잡는 방법은 여러 가지였다.

한내 같은 큰개울이라면 유인책을 써야 했다. 물이 많고 흐름이 빨라서 손으로 잡아낸다는 건 거의 불가능했다. 피라미나 모래무지를 잡으려고 그물질할 때 함께 딸려 나오기도 하지만, 그것을 가재잡이라고 말할 수는 없었다. 커다란 개구리 한 마리를 죽여서 실에 묶어 담가놓고 기다리는 유인책이 제일이었다. 시간이 흐르면, 아래쪽에서 가재들이 꾸역꾸역 올라와서 죽은 개구리를 집게발로 물고 늘어졌다.

내가 명선이만할 때만 해도, 그러니까 4년 전까지만 해도 한내에는 가재가 많았다. 천렵꾼들은 피라미 잡는 그물에 걸려드는 가재를 버리지 않고 매운탕 솥에 함께 끓였다. 그러다가 멱 감는 아이들이 보이면 손짓으로 불러 모았다. 등껍질이 빨갛게 익은 가재를 몇 마리씩 받아 든 아이들은 뜨거운 손을 호호 불며 집게발과 등껍질을 떼어내고는 통째로 아삭아삭 씹어 먹었다. 가재를 날로 먹으면 폐디스토마에 감염될 염려가 있지만 익혀 먹으면 괜찮다고 배웠으므로, 고소한 그 맛을 잊지 못한 아이들은 천렵꾼들 곁을 맴돌게 마련이었다. 언제부터인가, 한내에서 가재가 자취를 감췄다. 어른들은, 어디든 전깃줄 지나는 곳에서는 가재가 사라진다고 말했다. 하긴, 도지사댁에 전기가 들어온 것이 그 무렵이었다.

가재울처럼 얕은 도랑에서는, 돌을 뒤집거나 바위틈을 살피다가 눈에 띄면 재빨리 움켜쥐어야 했다. 물속에 가재들의 엄폐물인 돌이 보인다면, 살그머니 뒤집어 놓고 기다려야 했다. 맑은 물에 밀려 흙탕물이 씻겨나간 뒤, 죽은 듯 그 자리에 엎드린 가재가 모습을 드러내곤 했다.

아니나 다를까. 수초 없는 첫 번째 물굽이에서 목침만 한 돌멩이가 눈에 띄었다. 가만가만 다가가 옆으로 뒤집어 놓고 기다렸다. 흙탕물이 서서히 씻겨가자 명선이 둘째손가락만 한 놈이 웅크리고 있었다. 다른 때 같으면 잡지 말아야 할 어린것이었다. 오늘은, 애기의 사정이 더 딱했다. 그나마 어물어물하다가는 총알보다 빠르게 뒷걸음질 쳐 어디론가 도망쳐 숨어버릴 게 뻔했다. 재빨리 움켜내어 명선이 깡통에 던져 넣었다.

놈은 물도 없는 빈 깡통을 뒷걸음질로 한 바퀴 돌다가 그대로 엎드렸다. 헛심 써봐야 별수 없다는 것을 눈치챈 모양이었다.

가재는 발이 다섯 쌍, 열 개다. 그중 집게발 두 개는 공격용 무기이고, 나머지 네 쌍, 여덟 개의 가느다란 다리들은 전진과 후퇴를 위해 바닥을 끌어당기거나 밀어내는 도구이다. 가느다란 다리에도 작은 집게가 달려 있긴 하지만, 집게로 쓰지는 않았다.

가재를 잡을 때는 조심해야 한다. 함부로 덤비다가는 집게발에 된통 물리기 십상이다. 그렇다고 멈칫거리다가 다리라도 잡게 되면, 그게 어떤 것이든 간에 뚝 떼어주고 달아나버린다. 그러니까 가재를 잡을 때는 몸뚱이 전체를 한꺼번에 움키거나, 아니면 집게발 바로 아래의 딱딱한 갑옷자락을 쥐어야 한다.

두 번째 가재도 세 번째 가재도 바위틈에 웅크린 놈을 잡아 올렸다. 어린것들이었지만 어쩔 수 없었다. 그다음부터는 번번이 허탕이었다. 바위틈마다 쑤시고 돌멩이마다 뒤집어도 열에 아홉은 헛수고였다.

어느덧 산그늘이 다랑논 가운데까지 덮쳐왔다. 첫둠벙에 이르렀을 때까지 깡통 속의 가재는 몽땅 대여섯 마리나 될까. 그나마도 새끼손가락만 한 것들이라 약 되기는 글렀다. 예부터 가재가 많대서 붙여진 이름이 가재울이라지만, 동네 아이들이 번갈아서 훑어대니 숫자가 줄어들건 정한 이치였다. 안타까움이 나보다도 더했던지, 명선이가 가재노래를 흥얼거렸다. 산산골 가재야/ 머리 풀고 나오너라/ 느그 어매아배 다 잡혔다/ 머리 풀고 나오너라. 노랫말로만 본다면 제법 엄포를 놓는 듯싶지만, 속내는 그게 아니라는 게 환히 들여다보이는 노래였다. 큰 바위틈으로 숨어들어 애태우지 말고, 제발 내 손에 잡혀달라는 애원이나 다름없으니 말이다.

첫둠벙은 넓고 깊었다. 그렇건만, 물이 맑아서 깊이가 한 뼘도 안 될 듯 바닥이 환히 떠올라 보였다. 그 속을 들여다보고 있으려니 머릿속도 거울처럼 맑아졌다. 아무런 생각도 비치지 않았다. 저거, 성아, 저거. 명선이의 손가락 하나가 내 머릿속을 뚫고 지나가 물속에 박혔다. 그 손가락 끝에 둠벙 밑바닥 돌쩌귀에 웅크린 커다란 놈 한 마리가 꽉 찍혔다. 순간, 내 눈에 세상의 다른 것들은 아무것도 보이지 않았다. 바닥이 환히 들여다보이긴 해도 깊이가 어른 키를 훨씬 넘긴다든지, 거기서 멱을 감다가 물귀신 된 사람이 여럿이라든지, 갑자기 찬물에 뛰어들면 심장이 멎어버리게 되니까 반드시 준비운동이 필요하다든지, 이런저런 전설이나 충고 따위는 하얗게 바래버렸다.

　나는 머리부터 풍덩, 다이빙했다. 물속에서도 눈을 감지 않았다. 두 손으로 놈을 확 움켜쥐었다. 두 발을 힘차게 굴러 바닥을 박차고 올랐다.

　그놈 또한 나의 다급함에 넋을 잃었던지 손가락 물어뜯을 엄두도 못 냈고, 집게발 하나 떼어주고 달아날 꿈조차 못 꾸었다. 명선이 주먹만큼 큰 놈이었다. 꼬리 안쪽에는 알들이 촘촘히 실려 있었다. 오십 개, 아니면 백 개도 넘어 보였다. 그것들은 머잖아 그 자리에서 꼬물꼬물 깨어날 것이고, 또한 그 자리에서 무럭무럭 자라날 것이고, 다 자란 다음에야 비로소 어미의 꼬리에서 벗어날 것이고, 도랑을 따라 널리널리 퍼져 가재울을 가재울답게 만들 것이다. 여느 때 같으면, 절대로 잡아서는 안 될 놈이었다. 어쩌겠는가. 놈이 가재울을 가재울답게 만드는 것보다도, 당장은 애기가 더 급했다. 나는 눈을 질끈 감고 놈을 깡통에 던져 넣었다. 그뿐 아니었다. 눈을 화등잔만 하게 켜 들고, 흙탕물이 채 가라앉지도 않은 둠벙 속을 샅샅이 훑었다. 알을 품은 놈이 있다면, 알을 품게 만든 놈도 있지 않겠는가 싶었다.

외할머니 말에 따르면, 천지만물이 다 짝짓기하지 않고는 자손 늘리는 재주가 없다고 했다. 다섯 살짜리 동생 명선이조차도 가재가 어떻게 짝짓기하는지 환히 알고 있었다. 햇살 좋은 날, 도랑에 쪼그려 앉아 아주 오래도록 물속을 들여다본 게 한두 번이 아니었다.

도랑물의 흐름이 잦아들어 거울처럼 잔잔해진 가장자리 모래밭이다. 처음에는 가재 세 마리가 저희끼리 노는가 했다. 그게 아니었다. 한 마리는 슬금슬금 앞으로 기어갔다가, 우뚝 멈췄다가, 쏜살같이 뒷걸음질을 쳤다가, 되풀이하며 장난을 쳤다. 그동안 다른 놈들은 한자리에 붙박여서 꼼지락꼼지락 몸부림치고 있었다. 그러나 그게, 다른 놈이 아니었다. 그쪽도 한 마리였다. 때마침 껍데기를 벗는 중이라서 언뜻 머리가 두 개로 보였을 뿐이었다. 껍데기 벗는 일은 무척 힘들어 보였다. 한동안이나 더 버르적대며 용을 쓴 다음에야 가까스로 헌 투구와 갑옷에서 놓여났다. 껍데기에서 벗어난 가재의 몸 색깔은 흐릿했다. 주변을 맴돌며 장난치는 놈의 색깔은 짙은 쑥색인데, 그놈의 색깔은 연회색에 가까웠다.

그러거나 말거나 장난꾸러기 수놈은, 껍질 벗은 암놈이 몸을 추스르고 정신을 가다듬는 동안에도 이리저리 전진 후퇴 거듭하며 부지런을 떨었다. 그러다가 마침내, 슬금슬금 다가들었다. 집게발로 툭툭 치면서 시비를 걸었다. 투구와 갑옷을 벗느라 힘을 다 써버린 암놈은, 조금씩 뒷걸음질을 해보건만 도망치는 것도 쉽지 않았다. 시비를 걸고 나선 수놈은 약세를 보자 점점 짓궂어졌고, 밀리는 암놈은 사정 두지 않는 폭력 앞에 균형을 잃었다. 기어이 옆으로 기우뚱, 집게발을 하늘로 활짝 쳐들고는 만세 부르며 발랑 드러누웠다. 항복 선언이었다.

시비를 걸고 나섰던 수놈은 경중경중 가재춤을 추었다. 몇 바퀴나 빙글빙글 돌더니, 기회 왔을 때 끝장을 봐야겠다는 듯, 성큼 자빠진 암놈의 배에 올라탔다. 수놈은 집게발 두 개를 힘차게 뻗쳐서 자빠진 암놈의 집게발 두 개를 꽉 찍어 눌렀다. 그대로 옴짝달싹 못 하게 제압해 놓고는, 눌러앉아버렸다. 가재들은 배를 맞댄 채로, 은은하게 더러는 격렬하게 몸을 흔들거나 비비면서 시간을 길게 끌어갔다. 그게 알을 품거나 품도록 해주는 가재들의 짝짓기라면, 알의 숫자만큼 일일이 씨앗을 심어줘야 하기에 그러는지도 몰랐다. 암놈 가재의 꼬리 안쪽에 붙은 알이 백 개도 넘는 걸 보면 알조였다.

시간이 많이 지나고 흙탕물이 가라앉은 다음에도 첫둠벙 속에서는 더는 움직임이 없었다. 그렇다고 도랑에서 하듯이 일일이 돌을 뒤집거나 바위틈을 쑤셔볼 도리도 없었다. 아무리 심한 가뭄에도 아래쪽에 품은 다랑논들 모내기를 하는 데 모자람이 없을 만큼 커다란 첫둠벙이었다. 수놈 찾기를 단념한 다음에도 미련은 남았다. 암놈에게 물어보기라도 하려는 듯 명선이가 들고 있는 깡통을 들여다봤다.

놈은 퍽 화가 난 듯싶었다. 집게발 두 개를 발끈 쳐들고는 맹렬하게 거품을 내뿜었다. 감히 어떤 놈이, 가재울의 여왕폐하인 나를 몰라보고 행패를 부리느냐는 투였다. 놈의 그런 행티 때문인지, 명선이의 노랫말이 바뀌었다. 가재야가재야 밥을 지어라/ 손님 오셨다 밥을 지어라.

명선이 딴에는 신명이 지핀 것이겠건만, 아침나절 집 떠난 뒤로 목구멍에 넘긴 것이라곤 찐고구마 한 개가 다이고 보면, 공연히 고픈 배만 더 고프게 만들지 않으랴 싶었다. 나는 몇 번이고 내뱉을 뻔한, 노래 좀 그치란 말을 안타깝게 되삼켜 가며 젖은 옷을 비틀어 짰다. 둠벙이 몹시 깊었기에, 물 또한 매우 차가웠으므로, 그리고 산그늘이 너무 두꺼웠기 때문에, 온몸에서 줄줄이 소름이 돋았다.

마을로 내려갈 때는 동쪽 도랑을 더듬을 차례였다. 도랑물은 흙 알갱이 하나하나까지 헤아릴 수 있을 듯 맑았다. 도랑에서 가재 잡는 일은, 올라올 때 다르고 내려갈 때 다른 법이었다. 도랑 치고 가재 잡는다는 말이 있잖은가. 도랑도 치고 가재도 잡는다는 일거양득을 말하는 것이기도 하지만, 도랑을 쳐 흙탕물 일궈놓은 다음 가재를 잡겠다고 나서는 어리석음을 비웃는 비유이기도 한 것이다. 그러고 보면, 내려가는 길의 가재잡이는 건성일 수밖에 없었다. 그럴 바에야 물속에 발을 담그지도 않고, 물속의 돌을 뒤집지도 않고, 집 떠나 어슬렁거리는 가재만 잡기로 마음을 굳혔다.

아버지는 며칠째 들어오지 않았다. 소문이 닿았다면 모를까, 애기가 홍역에 걸린 줄도 모를 것이라 했다. 지난겨울부터 밖으로만 나돌더니, 농사일은 이른 봄에 들인 머슴 방서방에게 맡겨두고 그만이었다.

아버지가 집을 비우는 그만큼 외할머니가 자주 와 머물렀다. 이래저래 어수선한 시절에, 젊은 엄마와 어린 우리들만 있는 게 안심이 되지 않는 탓이었다. 함경도 어느 산골짜기에 파묻혀 화전을 일구며 살았다데요. 그런데 영문도 모르고 인민군에 끌려 나왔다가, 미군의 포로가 되었다가, 반공포로 석방이 되었다가, 저기 읍내 나가는 길가에 있는 피란민촌 소향리까지 흘러왔다고 하데요. 처자는 그 산골짜기에서 목이 빠지게 기다릴 텐데, 그 사람 맘이 어쩔까요. 어머니가 외할머니에게 방서방을 그렇게 소개했을 때, 외할머니는 땅이 꺼지게 한숨을 쉬며 말했다. 처자와 생이별한 방서방의 처지가 딱하기는 하다만, 요즘 들어선 광선이 애비가 더 걱정이다. 그 외할머니도 집에 없었다. 내동 잘 있다가 애기가 홍역에 걸리기 전날, 용봉산 동쪽 기럭재 넘어 덕산온천 아랫마을 외가에 다니러 갔다.

아버지는 읍내 유지들과 어울려 다니며 주색잡기를 일삼는다고도 했고, 도지사댁 큰아들 혜영이 아버지와 붙어 다닌다는 소문도 돌았다. 처음에는 친구인 혜영이 아버지를 건져내려고 살얼음판 노름판에 뛰어들었는데, 이제는 수렁 속의 수렁에 함께 빠져버렸다고도 했다.

소문을 듣게 될 때마다 나는 마음이 아팠다. 혜영이 아버지와 우리 아버지가 어릴 적부터 둘도 없는 죽마고우였다는 말은 귀에 딱지가 앉게 들어왔지만, 그것 말고도 두 사람 사이에 나와 혜영이가 어떤 식으로든 끼어 있는 건 아닌지. 혜영이가 할아버지인 도지사 영감이 사는 대처로 전학을 가버린 뒤 가재 빈껍데기처럼 허전해진 내 마음도 그렇거니와, 갑자기 아이들 둘이 사라진 다음 알맹이 파먹고 난 자라껍데기처럼 텅 빈 도지사댁 기와지붕이 도깨비집인가 싶게 쓸쓸해 보이는 것도 그랬다. 혜영이 아버지로서는 그런 집안이 갑갑했을 것이고, 우리 아버지는 괴로워하는 친구를 벗해주지 않을 수 없었을 것이다.

  소문에는 살도 붙고 꼬리도 붙었다. 지난겨울 혜영이 아버지는, 읍내에 나갔다가 타짜에게 걸려들었단다. 우연히 끼어든 판에서 처음에는 하는 족족 돈을 땄고, 덕분에 친구들을 불러다 색주가에 파묻어 놓고 호의호식을 시켰단다. 그러던 것이 언제부턴가 슬금슬금 돈이 새어 나가기 시작했다. 그쯤으로는 도지사댁 장자인 혜영이 아버지에게 별문제 될 게 없었다. 그렇더라도, 개미구멍에 무너진 저수지 둑처럼 한번 터진 물길은 좀처럼 막힐 줄을 몰랐다. 아무런 이유 없이 흘러들어오기도 했던 돈이니 흘러 나갈 수도 있는 일 아니겠느냐고 생각하는 사이, 가뭄 끝에 말라붙은 저수지 바닥처럼 돌이킬 수 없는 지경에 다다랐다. 도지사댁은 근방 여덟 동네에서 가장 큰 부자였다. 사태가 장난의 수준을 넘기게 되자 혜영이 아버지는 몸달았고, 우리 아버지는 친구 곁을 지키지 않을 수 없었다. 겨우내 두 사람이 사이좋게 어울리는 사이, 혜영이 아버지의 땅들은 조금씩 주인을 바꿔 떠나갔다. 우리 집 광속의 볏섬들도 표나게 푹푹 줄어들었다.

  엄마는 오늘 새벽에도 정화수를 떠 놓고 빌었다. 오줌이 마려워서 깨어났을 때, 창호지에는 달빛보다 맑고 고요한 새벽이 내려앉아 있었다. 그때 부스스 몸을 일으킨 엄마가 차근차근 공들여서 옷을 차려입고 나섰다. 누구의 손도 타지 않은 첫 우물물을 길으러 가는 게 분명했다. 오줌을 눈 다음에도 나는 여느 날처럼 도로 눕지를 못했다. 문창호 유리조각에 눈을 붙이고 오랫동안 내다보다가, 엄마가 물동이 이고 들어오는 데 맞춰서 뒷문 앞으로 옮아앉았다. 장독대 위에 흰 사기대접이 놓였다. 거기 가득히 찰랑이는 물 한 그릇이 피워 올리는 냉기가 문구멍 안쪽의 내 눈썹에 들러붙었던 졸음기를 싹 훑어갔다. 엄마는 스르르 꿇어앉아 두 손을 모았다. 나는 더 지켜보고 있을 수 없었다. 오줌 누고 손을 씻지 않으면 부정을 탄단다. 언젠가 했던 외할머니 말이 문득 떠올랐기 때문이다. 행여, 오줌 누고 손을 씻지 않은 아이가 쳐다보기 때문에 어머니의 비손이 무효가 된다면, 안 될 일이었다.

  어서들 오너라. 배고프겠다. 씻고 밥 먹자. 대문을 들어서자 언제 돌아왔는지, 외할머니가 반색하며 맞았다. 내내 먹먹하게 막혀 있던 가슴이 단숨에 가뿐하게 내려앉았다. 애기의 병은 깊어만 가는데 엄마 혼자 감당해야 하는 일은 너무 많았다. 외할머니는 뭐든지 다 알고 있으니, 이제는 아무 걱정도 없지 않겠는가.

  가재는 세숫대야에 담그고 물을 넣어줘라. 엄마가 부엌에서 내다보며 일렀다. 커다란 놈을 자랑하고 싶은 명선이가 깡통을 치켜들었지만, 엄마도 외할머니도 거들떠보지 않았다. 그게 못내 서운했던지, 명선이 노래가 바뀌었다. 가재야 가재야 밥을 지어라/ 엄청 큰 가재야 밥을 지어라/ 외할머니 오셨다 밥을 지어라.

나는 조대흙부터 마루 귀퉁이에 모셔놓고 두레박으로 우물물을 길어 올렸다. 명선이 손발을 씻기고 나도 씻은 뒤, 다시 물을 길어 세숫대야에 붓고 깡통 속의 가재를 쏟았다. 물 만난 가재들이 주르르 흩어지며 가로세로 뒷걸음질을 치더니, 알밴 큰놈 옆은 비워 둔 채 제가끔 자리를 잡고 웅크렸다. 짐작대로 내려오는 길의 가재잡이는 허탕이었다. 바로 전날 내가 열 마리나 잡아낸 도랑이었다. 어딘가에서 가재들의 전쟁이라도 터졌기에 밤새 그리로 피란이라도 왔다면 모를까, 가재가 없다고 탓할 수는 없는 노릇이었다.

마루에 앉아 저녁밥을 먹는 동안, 엄마와 외할머니의 근심이 오락가락 밥상을 넘나들었다. 낮에 읍내에서 방서방한테 사람이 다녀갔대유. 광선이 아버지가 볏섬을 스무 개나 실어 보내라고 했더래······. 엄마 말이 채 끝나기도 전 외할머니가 되물었다. 미친 것, 그래 으쩔 셈인겨. 방서방에게 절대루 그럴 수는 읍다구 일러서 보냈슈. 마침 엄니두 오셨으니, 광선이 아버지두 당장은 단념허지 않겠슈. 으이구, 미친 것. 어린것은 죽을지 살지 사경을 헤매는 줄두 모르구, 집안 말아먹을 궁리나 허구 있으니 으쩌면 좋으냐.

대답이 궁해진 엄마가 말머리를 내게다 돌려댔다. 참, 광선아. 가재는 더 안 잡아도 된다. 느이들이 어제 잡아 온 가재를 멕인 덕분에 오늘은 애기 열꽃이 확 피었구나. 그러니 오늘 잡아 온 것들 일랑 내일 낮에 제자리에 놓아줘라. 그 말이 떨어지자마자, 명선이가 숟가락을 내려놓더니 짝짝짝 박수를 쳤다. 알을 무지 많이 밴 놈인디, 살려주면 가재울에 새끼를 무지 많이 깔 것인디. 그 모습을 본 외할머니 입이 함박꽃처럼 벙싯 벌어지고, 엄마도 달리아처럼 활짝 웃었다.

　외할머니가 왔으니 나와 명선이는 윗방에서 자야 했다. 밥숟갈 내려놓고 헤아리니 그럭저럭 여름방학도 끝나고 있었다. 대강이라도 숙제를 추슬러봐야 했다. 외할머니는 안마당 한가운데다 모깃불을 피웠고, 명선이는 그새 우물가로 내려가 가재들을 들여다보고 있었다. 나는 램프에 불을 켜 들고 윗방으로 들어가 엎드렸다. 일기장을 펼쳐 보니 한참 밀려 있었다. 그래도 걱정은 없었다. 며칠 새 비 온 날도 없고 보면 날씨는 모두 맑음이고, 한 일이래야 기껏 가재를 잡거나 조대흙을 파거나 한내에서 멱을 감은 게 다였다. 애기 홍역 앓는 것 말고는 그날이 그날이었으니 한꺼번에 써댄대도 막힐 게 없었다.

　언제 들어왔는지, 옆자리에 잠든 명선이 숨소리가 귓전을 간질였다. 올여름에는 옆집 성낙이 각시 동생, 말자도 놀러 오지 않았다. 혜영이가 없는 동네의 여름은 그래서 더 길기만 했다. 동네에 아이들은 많았지만, 그 애들은 모두 용봉분교에 다녔고 나는 읍내 홍성제일국민학교에 다녔다. 학교가 다른 것이 무슨 대수일까만, 선뜻 어울리자고 나서기엔 왠지 겸연쩍었다. 만만한 명선이와 하루 종일 붙어 다녀야 했다. 그래도 가르쳐준 게 별로 없었다. 연필로 제 이름자를 그리도록 하고, 구구단을 3단까지 외우게 만든 게 고작이었다. 요즘은 계산속이 빤해져서 제 몫 챙기는 일이 확실해진 것만도 대견했다.

다닥다닥 다다닥 두둑두둑 두두둑 다닥다닥 다다닥 두둑두둑 두두둑……. 다듬이 소리가 들려왔다. 엄마와 외할머니가 마루에서 다듬이질을 시작한 모양이었다. 엄마는 보령 오석으로 만든 우리집 다듬잇돌이 자랑이었다. 게다가 다듬잇방망이는 박달나무라 했다. 다닥다닥 다다닥 다닥다닥 다다닥……엄마의 다듬이 소리는 얇고 가벼웠다. 두둑두둑 두두둑 두둑두둑 두두둑……. 외할머니 다듬이 소리는 두껍고 무거웠다. 엄마와 외할머니가 마주 앉아 두드리는 다듬이 소리는 그래서 다닥다닥 다다닥 두둑두둑 두두둑 다닥다닥 다다닥 두둑두둑 두두둑, 이어졌다. 언제 들어도 싫증 나지 않는 장단이었다. 엄마도 외할머니도 나처럼 그 소리가 좋기만 한가 보았다. 다듬이질할 때만은 입을 꼭 다물고 장단 맞추는 일에 힘을 쏟았다. 나는 다듬이 소리에 취해서 잠에 빠져들었다.

밤똥 누는 것도 병이라 했다. 한여름에도 잠든 사람을 깨워 변소 가자, 조르는 것도 번거로운 일이거니와 한겨울에는 춥기까지 해서 여간 귀찮은 노릇이 아니었다. 엄마가 저녁마다 잠자리에 들기 전에 묻곤 하건만, 그때는 멀쩡하다가도 한밤중에 뒤가 땅기는 걸 보면 병 가운데서도 아주 큰 병이었다. 더러는 졸린 눈을 비비면서 외할머니가 어두운 변소를 피해서 바깥마당까지 나가주었다. 그럴 때마다 지키는 사람은 귀찮거나 말거나 기분이 썩 괜찮아진 나는 되도록 시간을 끌곤 했다. 맑은 날, 밤하늘 가득히 빛나는 별들을 올려다보는 재미가 쏠쏠했다. 외할머니는 별밤의 아름다움을 몰랐다. 기껏 한다는 노릇이 제자리 서성거리며 명선이 가재노래 부르듯 밤똥 누는 노래를 흥얼거리는 일이었다. 밤똥은 누가 누나/ 닭장서 자는 달가지나 밤똥을 누지/ 밤똥은 누가 싸나/ 솔숲서 자는 비둘기나 밤똥을 싸지. 그 노래를 듣고는 오래 앉아 버틸 재간이 없었다. 닭장 속의 닭이나 솔숲의 비둘기가 되기라도 한 듯 기분이 고약스러웠다.

생각이 한번 그쪽으로 돌자, 외할머니를 깨울 수 없게 돼버리고 말았다. 그렇다고 애기 병수발에 지쳐있을 엄마를 깨운다는 것도 말이 안 되었다. 어두운 변소는 여전히 무서웠지만, 바깥마당까지 나가지 않고 담 모퉁이의 족두리감나무 아래에서라면, 혼자서도 해낼 듯싶었다. 사나이 대장부 아홉 살, 무서울 게 무어란 말인가.

우리 집 담에 붙어 있는 족두리감나무는 동네사람이 다 알았다. 좋은 쪽으로 유명한 게 아니라 나쁜 쪽으로 이름이 났다. 오래 묵은 나이 덕에 키는 높다랗건만, 열리는 감은 어린애 주먹에도 못 미치게 잘았다. 게다가 여덟 개나 되는 씨가 속을 꽉 채워서, 먹을 것이라곤 아무것도 없었다. 땡감을 따서 소금물에 우려내도 그렇고, 홍시가 된 다음 공들여서 따내도 마찬가지였다. 껍질과 씨를 빼면 개산에서 따온 으름처럼 먹잘 것이 없었다. 그래도 베어내지 않고 놔두는 것은, 그네 매기에 좋았기 때문이었다.

내가 마당으로 내려서서 담 모퉁이 족두리감나무 아래 쪼그려 앉았을 때였다. 담 밖에서 누군가 주고받는 말소리가 들릴 듯 말 듯 귓전을 간질였다. 아는 것 같기도 하고 낯선 듯도 한 긴가민가 한 목소리였다. 쬐끔 더 기다려야…… 안즉 짚이 잠들지…… 감나무 쪽…… 물을 한 바가지…… 호미루다가 살살…… 예전 쓰던 광문 말여. 그걸 열구…… 나락 스무 섬…… 마차는 이따가…….

나오던 똥이 쏙 들어가버렸다. 재빨리 바지를 추스르고 발소리 죽여 제자리로 들어가 누웠지만 잠은 저만큼 달아난 다음이었다. 온갖 공상이 다 떠올랐다. 엄청난 사건이 터지려고 하는 것 같은데, 알아낼 도리가 없었다. 숨을 죽인 채 엎치락뒤치락 방바닥에 머리를 굴렸다. 무언가 소리가 들려왔다. 드르륵, 혹은 달그락, 혹은 부스럭, 혹은 타다닥, 혹은 털썩.

나는 뒷문으로 기어가 창호 유리에 눈을 붙였다. 캄캄했다. 그러다가 어슴푸레, 움직임이 보였다. 얼굴을 알아볼 수는 없었으나 몸놀림의 윤곽은 낯이 익었다. 머리끝이 쭈뼛 곤두섰다. 누군가가 광의 흙벽을 헐어내고 있는 게 분명했다. 도둑이야, 소리치려 해봤으나 입에 자물쇠가 물린 듯 목소리가 안 터졌다. 문득 어른들이 주고받던 말마디가 생각났다. 도둑은 뒤로 쫓아야지, 앞으로 쫓았다간 사람이 다치게 되는 법이여. 그렇다면 어떻게 쫓는 게 뒤로 쫓는 것이고 어떻게 쫓는 게 앞으로 쫓는 것인지, 마구 헷갈렸다. 안방으로 달려가서 외할머니를 흔들어 깨워야 할까, 아니면 엄마를 깨울까. 아니면 명선이만 깨워서 둘이 한꺼번에 목청을 높여 왜장을 칠까. 어둠 속의 소리는 계속되었다. 끄응, 혹은 빠지직, 혹은 삐걱, 혹은 털싹, 혹은 헉.

발짝 옮겨 디디는 소리도 들려왔다. 저벅, 혹은 뚜벅, 혹은 터덕, 혹은 투둑 턱턱. 한결같이 숨죽여 옮겨 딛는 발소리였다. 몸을 움직이려 해도 사슬에 묶인 듯 꼼짝할 수 없었다. 그 자리에 딱 얼어붙은 게 아닌가 싶었다. 속에서 천불이 일었다. 가슴이 쿵쾅쿵쾅 뛰었다. 가슴 뛰는 소리를 듣고서 명선이가 깨어나기라도 했으면 싶었다. 그러다가 시간이 흐르고 흐른 덕분에 눈이 어둠에 익었고, 사람의 그림자가 잡혔다. 그림자는 광의 흙벽에 뚫린 구멍에서 볏섬을 들어내더니, 어깨에 번쩍 둘러메고 대문 쪽으로 걸어갔다. 잠시 뒤에 되돌아온 그 그림자는 다시금 광에서 들어낸 볏섬을 둘러메고 대문 쪽으로 사라졌다.

눈앞에서 사라졌던 그림자가 되돌아오는 시간의 간격을 확실하게 잴 수 있게 된 다음에야, 몸뚱이가 사슬에서 풀렸다. 나는 그대로 벌렁 자빠졌다. 손끝에 걸리는 명선이의 발등을 꼬집어 뜯었다. 명선이가 비명을 지르면서 일어나 앉으며 와앙, 울음을 터뜨렸다. 명선이의 울음소리가 터진 다음에야, 입에 걸렸던 자물쇠가 풀렸다. 동시에 어떻게 쫓는 게 뒤로 쫓는 것인지도 확 떠올랐다. 나는 벌떡 일어서면서 힘차게 소리를 내질렀다. 불이야, 불이야.

아침상에서 물러나자마자 첫둠벙을 향해 집을 나섰다. 우리 집 토담을 끼고 수덕사에서 읍내로 뻗은 지름길이 지나고, 그 아래가 첫둠벙에서 갈라져 내려온 동쪽 도랑이었다. 내가 앞장서 도랑으로 내려서고, 깡통을 든 명선이가 뒤따라 내려서려는데 따릉따릉, 자전거 방울이 울리고 목소리가 뒤를 따랐다. 얘들아, 어디를 가니. 돌아보니 아버지였다. 한 손에 가재가 담긴 깡통을 든 명선이 웬 설움이 복받치는지 으앙, 울음을 터뜨리며 자전거 앞을 막아섰다. 아버지는 자전거를 옆으로 아무렇게나 밀어젖히며 명선이를 안아 올렸다. 울지마라, 울지 마. 그런데 어디 가는 길이냐. 아버지는 명선이를 달래는 한편, 나를 돌아보며 재우쳐 물었다. 저기, 첫 둠벙, 가재 놔주러. 명선이가 울음 사이로 말을 더듬어 빼었다. 그래, 이따가 다녀오려무나. 아버지는 명선이가 들고 있는 깡통에 건성으로 시선을 던졌다가는 황급히 고개를 들어 지붕 위로 솟은 족두리감나무 우듬지를 잠깐 쳐다본 다음, 성큼 안으로 들어섰다.

나는 무엇을 잘못 본 건 아닌가 싶어 곧장 뒤따르지 못하고 주춤거렸다. 황급히 고개를 쳐들던 아버지 얼굴과 허공 사이에서 반짝, 맺혔다 스러지던 빛의 정체를 당장은 확인해 볼 도리가 없었기 때문이었다. 대신 아무렇게나 쓰러져 있던 자전거를 힘겹게 일으켜 세워 끌고 대문을 들어섰을 때, 모든 게 확연해졌다.

그랬다. 겉으로는 아무것도 달라진 게 없건만, 세상이 우르르 흔들리면서 허공을 떠돌던 모든 게 한꺼번에 제자리로 날아가 찰싹찰싹 달라붙고 있는 느낌. 엄마는 부엌에, 외할머니와 명선이는 마루 끝에, 아버지는 안방의 애기 앞에 있었다. 아무런 설명도 없이 갑자기 중간에 필름이 걸려 멈춰 선 활동사진 장면 같은 낯선 고요가 말갛게 얼어붙어 있었다.

표 안 나게 왼쪽으로 기울어지는가 싶던 아버지의 어깨가 여리게 흔들리기 시작했다. 봄날 앵두나무 가지에 꽃봉오리 맺히듯 한 애기의 열꽃에, 아버지의 마음이 몹시 상한 모양이었다. 멈췄던 필름이 풀린 듯, 외할머니가 명선이 손을 잡고 마당으로 내려서고 부엌에서 나온 엄마가 안방으로 들어갔다. 문득 어젯밤 일을 아버지에게 알려야 한다는 생각이 내 가슴 속에서 소용돌이를 쳤다.

불이야, 불이야. 앞으로 쫓지 않고 내가 그렇게 도둑을 뒤로 쫓았을 때. 놀란 외할머니가 달려오고 램프에 불을 켜 든 엄마가 마루로 나섰을 때. 창호에 불빛을 펄럭이며 이웃들의 방문이 하나둘 열리기 시작했을 때. 동네사람 누군가가 홰에 불을 붙여 치켜들고 안마당으로 들어섰을 때. 그리하여 어깨동무하고 버티던 어둠의 벽이 저만큼 흩어졌을 때.

흙벽을 무너뜨리려고 퍼부은 물이 줄줄이 흘러 안마당에 흥건하고, 뻥 뚫린 광속의 물건들은 흡사 배 터진 짐승의 창자처럼 참혹했다. 젖은 발자국을 따라 바깥마당을 살피던 누군가가 말했다. 마차에 볏섬이 네 개 얹혀있더군. 몇 개나 내갈 참이었을까. 누군가가 말을 되받았다. 마차야 원래 그 자리에 있던 물건 아닌감. 소를 매어놓지 않은 걸 보면, 그걸 끌고 갈 욕심은 아녔던겨. 밤똥 누러 나와 족두리감나무 아래 쪼그렸을 때 들려왔던 말소리가 주르르 한 줄로 꿰어졌지만, 입을 열 수 없었다. 날이 밝은 뒤, 볏섬을 제자리에 돌려놓는 머슴 방서방의 어깨 윤곽이 낯익었지만, 입을 굳게 다물었다.

첫둠병으로 오르는 발걸음은 새 운동화 끈을 졸라맨 운동회날 아침처럼 가벼웠다. 집에 외할머니도 있고 아버지도 있는데 무엇이 걱정이랴. 첫둠병 물속은 하늘처럼 맑았다. 명선이에게 눈짓을 보냈다. 놔줘라. 명선이 천진스레 웃으면서 깡통을 거꾸로 기울였다. 커다란 여왕가재와 조그만 가재들이 쏟아져 내려 뒷걸음질을 치면서 주르르 가라앉았다.

6. 검사와 여선생

추석을 전후한 사흘, 도지사댁 바깥마당에서 연극판이 펼쳐졌다. 배우도 연출도 극의 줄거리도 해마다 비슷비슷했건만 인기는 대단했다. 추석 전날에는 주로 아이들이 떼 지어 몰려들었고, 추석 당일에는 점잔 빼기 좋아하는 어른들까지도 뒷짐을 진 채 어정걸음을 놓았으며, 추석 다음 날에는 아녀자들이 저녁 설거지를 미뤄놓고 달려왔다. 아이들은 첫날부터 마지막 날까지, 내리 사흘 동안 앞자리를 다투면서 무대에 눈심지를 박고 앉아있게 마련이었다.

뎅, 뎅, 뎅. 징소리와 함께 막이 오르면, 희미한 호롱불 아래 병든 할머니와 소년이 나타난다. 소년은 할머니의 팔다리를 지성으로 주무르고 있다. 할머니와 소년은 그러면서 조곤조곤 이야기를 주고받는다. 대화 속에서는 소년의 효성 지극한 말들이 흘러나오는가 하면, 학비가 없어 학교에 가지 못한다는 딱한 사연도 튀어나온다. 장면이 바뀌면, 딱한 사정을 알게 된 담임 여선생이 소년을 각별하게 돌봐준다. 막이 내려졌다가 오르면, 그로부터 17년 뒤. 여선생은 결혼하여 행복한 생활을 하고 있다. 그러던 어느 날, 남편이 출장간 사이 탈옥수가 그녀의 집에 숨어들었다가 체포된다. 이때 그녀는 의지할 데 없는 딸을 두고 있다는 탈옥수를 동정하게 되고, 그 딸을 데려다 키우면서 감옥에 있는 탈옥수의 뒤를 돌봐준다. 그 때문에 남편의 오해를 받게 된다. 다툼 끝에 흥분한 남편이 권총을 꺼내 들고 옥신각신하다가 오발사고를 일으켜 되레 자신이 죽고 만다. 여선생은 살인의 누명을 쓰고 기소된다. 다시 내려졌던 막이 오르면, 재판정이다. 기소를 담당한 검사가 하필이면, 옛날 교사 시절 담임을 맡으면서 각별하게 돌봐줬던 제자다. 검사는 탈옥수를 불러 사건의 전말을 자세히 알아보고, 여선생의 무죄를 확신한 다음, 재판하러 나간다. 재판정에서 여선생은 남편을 죽인 죄의 대가로 사형시켜 달라고 절규한다. 이때 검사는 자신과 여선생의 관계를 밝힌다. 그리고 사건의 전말을 밝힌 다음, 여선생의 무죄를 주장한다. 재판장은 무죄를 선고하고, 검사와 여선생은 극적으로 해후하면서 징소리와 함께 막을 내린다.

빤한 신파극이었음에도 첫째 선량한 사람이 불행한 운명의 희생자가 된다는 점, 둘째 오해가 주인공을 파국에 빠뜨린다는 점, 셋째 은혜와 의리를 소중히 여긴다는 점, 넷째 가난이 작품의 동기라는 점 때문에 마당을 가득 메운 구경꾼들은 감동의 박수를 아끼지 않았다.

명절 중에도 제일인 추석날의 들뜬 기분은 어쩔 수 없었다. 막전 행사로 열리는 노래자랑도 관심사였다. 올해는 누가 솜씨를 닦아서 일등을 먹어갈지, 그 또한 궁금하지 않을 수 없었다. 이틀 동안 열린 예선을 통과한 삼동네 가수들이 결승을 벌이는 추석 다음 날. 그날 아홉 살짜리인 나 역시 다섯 살짜리 동생과 함께 내리 사흘째

무대 앞에 턱을 받치고 앉아있어야 마땅했다. 노래자랑 결승이 끝나고 연극의 막이 오르면, 이미 달달 외고 있는 극의 내용을 앞질러 가며 안타까워하고, 안쓰러워하고, 기뻐하고, 경악하고, 낙심하고, 다행스러워하고, 조마조마해 가면서 열심히 지켜봐야만 했다. 미리부터 두 손바닥을 모아 박수 칠 준비를 잔뜩 하고 있다가, 조금이라도 감격스러운 대목이다 싶으면, 아니 이만한 정도면 감동하는 척해도 이상스럽지 않겠다 싶은 대목에 다다르면, 아낌없이 짝짝짝 손바닥을 쳐대야만 했다. 유감스럽게도 그날 그러지를 못했다.

돼지고기 식탐이 문제였다. 그 시절, 시골에서 흔히 먹을 수 있는 고기는 주로 닭이었다. 아무 때나 마당귀에 모이를 뿌려놓고 모여드는 놈 중에서 한 놈을 잡아 목을 비틀면 되었다. 귀한 손님이 올 때나 식구들 복달임을 할 때도 만만한 게 닭이었다. 그에 비할 때 쇠고기나 돼지고기는 명절이나 혹은 뉘 집에서 잔치라도 벌어져야 구경할 수 있는 귀한 음식이었다.

추석이 닥쳐온다는 신호는 가장 먼저 도지사댁에서 나왔다. 어느 날, 연극무대가 세워지는 바로 그 바깥마당에 소 한 마리가 등장한다. 소는 읍내 우시장에서 끌고 온 덩치 우람한 황소일 때도 있고, 나이 들어 이제는 길마를 벗어야 할 암소일 때도 있다. 소는 도지사댁 큰머슴 지서방에게 이끌려 마당 한쪽의 수백 년 묵은 팽나무 아래에 서고, 어른들의 세 아름도 넘는 둥치에 묶인다. 잠시 지서방이 어디론가 퇴장하면, 작은머슴들 서넛이 굵은 밧줄을 들고 달려든다. 도통 영문 모르는 채 커다란 눈을 껌뻑이며 먼 산바라기를 하는 소를 달래고 어르면서, 작은머슴들은 슬금슬금 네 다리와 몸통을 얽어 윗가지에 단단히 죄어 맨다. 그때쯤이면 동네 아이들 어른들 할 것 없이 하릴없는 사람들이 모두 달려와 목을 늘인 채 둘러서서 울타리를 만든다. 어찌 보면 연극판보다 더 아찔한 장면이 그 자리에서 벌어진다. 때 맞춰 지서방이 뒷짐 지고 다시 등장하면서 한마디 한다. 앗다, 저승길 가기 딱 좋은 날이구먼. 널따란 얼굴에 사람 좋은 웃음을 가득 빼문 것과는 달리 지서방의 등 뒤에 숨은 물건은 뾰족하고 날카롭다. 기관사들이 들고 다니며 기차 쇠바퀴를 땅땅 두들기는 바로 그 망치다. 지서방은 한 손으로 소의 목덜미를 다정하게 어루만지다가는 느닷없이 망치를 휘두른다. 그 한 방으로 끝이다. 그 큰 덩치의 소가 음메, 소리 한번 못 내고 무릎을 툭, 꺾는다. 그렇게 잡은 쇠고기는 도지사댁에서 쓸 만큼 쓰고 나머지가 동네 사람들에게 아주 조금씩 국거리로 나누어진다. 그뿐이다.

돼지는 경우가 다르다. 명절마다 적어도 스무 집에 하나 꼴로, 돼지 멱따는 소리를 내지르고 죽어서 제상에 올라가 준다. 버려지는 오줌보는 또 아이들의 축구공으로 귀한 대접을 받는다. 내 입맛에는 웬일인지 소고기나 닭고기보다 돼지고기가 맞았다. 돼지고기 중에도 살코기보다 비계가 더 좋았다. 미끄러우면서도 아삭아삭하고 고소하게 씹히는 감칠맛이 아주 그만이었다. 불행하게도 그 시절, 돼지고기에 따라붙는 말이 있었다. 돼지고기는 잘 먹어야 본전이다. 냉장고가 없었으므로 기름기 많은 돼지고기는 자칫 변질되기 일쑤였고, 여차하면 배탈을 불러왔다.

추석 무렵이라면 분명 무더위에서는 한 걸음 비켜났다고 말할만 했지만, 더위의 옷자락에서 완전히 벗어났다고 자신할 수도 없다. 그날따라 나의 돼지고기 식탐이 기어이 탈을 불러왔다. 점심때 먹은, 추석 전날 조리한 돼지고기에 딱 걸려들고 말았던 것. 그럴 때 사람들이 설사를 쏟아낸다는 게 정설이었지만, 나는 유별났다. 온몸에 가득히 두드러기가 돋아났다. 두드러기는 목과 귀밑에서 시작해서 급속히 온몸을 골고루 점령하고 주둔했다. 감당할 수 없는 가려움이 덮쳐들어 피부 깊숙이 파고들었다. 불쑥불쑥 솟아오른 피부는 물론이고 살가죽 속의 뼛속까지 파고들며 꿈틀거렸다. 가려웠다. 손톱을 세워 긁어대도 소용없었다. 뼛속으로 파고든 벌레를 잡아낼 도리가 없으니 대책 없이 당하고 있을 수밖에. 덕분에 저녁은 먹을 염도 못 내고 있다가 어설프기 짝이 없는 엄마의 처방에 몸을 내맡겨야 했다.

이른 저녁상을 물리자마자 엄마는 나를 발가벗겨 뒤꼍으로 돌아가는 길목 족두리감나무 앞에 세웠다. 나름으로는 다 컸다고 자부하는 나로서는, 구경하려고 쫓아온 명선이 보기에 여간 창피한 일이 아니었다. 그러거나 말거나 엄마는, 산지기집 뒷간 지붕에서 뽑아온 썩은새 한 줌에 불을 붙였다. 그러고는 온몸에 왕소금을 홀홀 뿌리는가 하면, 불붙은 썩은새를 슬쩍슬쩍 피부에 문질러 연기를 쐬는 한편 웅얼웅얼 주문을 외웠다. 중도 고기 먹더라, 중도 고기 먹더라. 중도 고기를 먹는데 어린아이가 고기 좀 먹었기로서니 탈을 낸다는 건 언어도단 아니냐는, 그야말로 두드러기 귀신에 대한 항의성 주문이었다. 그것은 학교에서는 들은 적도 배운 적도 없는 미신행위가 분명했는데도, 효과는 만점이었다. 당장에 피부가 시원해지는 듯하면서, 가려움증과 함께 울퉁불퉁 솟구쳤던 부기가 슬그머니 가라앉곤 했다.

내 발길이 왜 당산나무로 향했는지는, 모른다. 엄마는 내게 붙은 두드러기 귀신을 매운 연기와 왕소금으로 쫓아내자마자 연극판으로 줄달음을 놓았다. 토담에 얹힌 기왓골 아래로 석양빛과 함께 적적한 기운도 빗겨들었다. 명절이라서 숙제도 없었다. 나도 모르게 대문을 나섰고, 한내 건너 용봉산 쪽으로 뚫린 상수리나무 숲길로 들어섰다. 당산나무는 상수리나무 숲길 맨 끝 언덕배기에 있었다.

평소에는 길이 되고, 비가 내리면 개울바닥이 되는 상수리나무 숲길에는 상수리들이 심심찮게 떨어져 있었다. 보이는 대로 주워 넣다 보니 금세 주머니가 터질 듯 부풀었다. 뒤란 장독대에는 엄마가 모아들이는 상수리 바구니가 있었다. 많이 모이면 묵을 쒀준다고 했다. 상수리묵은 도토리묵과 맛이 다르지 않았다. 단지 색깔이 조금 부드러울 뿐, 깊은 맛은 더하다고도 했다. 드물게는 유리구슬처럼 동그란 상수리도 있었다. 모양이 그만큼 잘생기고 보면 읍내로 가져가면 유리구슬 대접을 받을 수도 있었다. 구슬치기할 때 유리구슬은 쉽게 깨지기도 했지만, 상수리는 깨질 염려가 없었다. 잘생긴 상수리 한 알은 유리구슬 두 개와 맞바꿀 수도 있는, 재산이었다.

당산나무는 도지사댁 바깥마당에 있는 것보다 훨씬 더 묵은 팽나무였다. 어른들이 팔을 벌려 네 아름이 넘는 밑동에는, 아이들이 드나들며 숨바꼭질하는 커다란 구멍이 휑하니 뚫려 있었다. 어른 몸통보다 굵은 가지에는 울긋불긋한 헝겊조각과 실꾸리가 주렁주렁 걸렸다. 그 아래에서는 단옷날마다 대동제가 열렸다. 박수가 장구채를 다잡아 빠른 가락으로 두들길 때면, 큰무당이 맨발로 작두날을 타고 훨훨 날았다. 마을에서 제 명을 못 채운 귀신이 생겨나면 오구굿을 벌이기도 했다. 큰무당이 몸주로 모시는 최영장군이 영험한 까닭에, 비는 대로 이루어지지 않는 일이 없다고 했다.

해가 막 백월산의 부드럽게 휘어진 등성이에 배를 문질러 미끄럼을 타고 있었다. 도지사댁 바깥마당이 궁금해졌다. 지난 이틀 동안 막전행사로 치러졌던 노래자랑은 결판이 났을까. 작년 추석 때처럼 성낙이가 또 일등을 먹었을까. 땅거미가 내려앉는 것에 맞추어 슬슬 무대는 막을 올릴 준비를 끝냈을까. 순간, 팽나무 높은 가지를 쓸고 지나는 바람에 색다른 소리가 섞여서 흘렀다. 내 눈길이 나도 모르는 사이, 당집 문살로 날아가 꽂혔다.

당집은 당산나무 그늘을 조금 벗어난 위쪽에 다소곳이 엎드려 있었다. 단옷날 활짝 열린 문으로 훔쳐본 물건이라고는, 최영장군 영정과 굿에 쓰이는 물건들이 다였다. 하나같이 보잘것없는 것들뿐이건만, 뭔가 으스스한 기운이 괴어있는 탓에 한낮에도 찾는 사람이 별로 없었다. 어쩌자는 셈판인지, 내 발걸음은 자석에 끌리는 쇠붙이처럼 주춤주춤 그리로 다가들었다. 문짝과 문틀이 뒤틀린 틈새에서 가느다란 불빛이 내비쳤다. 나는 손가락에 침을 듬뿍 묻혔다. 창호지에 가져다 대고 슬쩍 밀었다. 구멍에 눈을 바짝 가져다 붙였다.

두 개의 촛불이 있었다. 최영장군 영정 앞 제단에 진설된 대추 밤 사과 배 따위 과일 중에서도 펄럭이는 촛불에 반사된 사과가 요요한 빛을 내뿜었다. 아, 아읍, 아아아압. 안으로 되삼키는 낮고 날카로운 소리가 바닥에 깔려 흘렀다. 그리고 꿈틀거림이 있었다. 하나가 아니었다. 사람이 있었다. 나는, 눈을 부릅뜨고 숨을 참았다. 보았다. 몸을 돌렸다. 까치걸음으로 한 발짝씩, 당산나무 아래까지 후퇴했다. 당산나무 밑동을 짚고 숨을 고른 다음, 앞만 보면서 냅다 뛰었다.

상수리나무 숲길을 달리는 발걸음은 팍팍하기만 했다. 모랫바닥이 발바닥을 푹푹 잡아당겨서 귀신에게로 데려가는 듯싶었다. 한내의 물살도 웬일인지 훨씬 거세었다. 겨우 무릎을 넘는 물살이 온몸을 휘감고 휘청거렸다. 나는 내 눈을 의심해야만 했다. 나는 나를 설득해야만 했다. 아니라고, 그럴 리가 없다고, 잘못 본 게 분명하다고, 거듭거듭 다짐을 두어야만 했다. 내 발걸음은 우리 집 앞에서 멎지 않았다. 성낙이네 집 앞에서도 멈춰 서지 않았다. 도지사댁 바깥마당을 바라보며, 손발 대중없이 내둘렀다. 열심히 버르적거렸다. 그러다가 질러가는 논둑길 중간에서 성낙이와 마주쳤다.

왜 지금 오는겨. 노래자랑 다 끝났넌디. 성낙이가 저 혼자 묻고 대답했다. 그래, 올해두 일등을 먹었남. 내가 마주 물었다. 무엇이 급한지, 성낙이는 대답도 안 하고 내 곁을 스쳐갔다. 그와 함께, 성낙이가 말자의 형부라는 사실도, 내 귀때기를 스쳐갔다. 성낙이가 저만치 멀어져 갔을 때, 비로소 아까의 내 생각과 지금의 내 생각이 허공에서 딱 소리를 내며 부딪쳤다. 나는 몸을 휙 틀고 왜장을 쳤다. 저기 말이여, 빨리 당집으루 가봐. 말자가 지금. 성낙이가 그 자리에 우뚝 섰다. 돌아서서 되짚어 물었다. 말자가 어딨다구. 그러나 내 입에서 대답이 빠져나가기도 전, 성낙이 가파른 등판에 벼락이라도 맞은 듯 비호처럼 내달렸다.

연극은 총소리가 울리기 직전에 다다라 있었다. 여선생과 탈옥수의 관계를 의심한 남편이 막 권총을 겨누면서 비장의 대사를 읊는다. 네가 감히 나를 배신했단 말이지. 그놈과 한패가 되어 나를 속였단 말이지. 여선생이 울면서 남편의 발치에 엎드려 흐느낀다. 오해여유, 여보. 나는 당신의 아내여유. 남편은 믿지 않는다. 권총의 총구를 여선생의 머리에 겨누고 한 걸음 더 다가선다. 이년아, 그 거짓말이 참말이더냐. 이제 와서 누구더러 그 말을 믿으라는 것이더냐. 여선생이 갑자기 울부짖는다. 내가 죽일 년이어유. 그래서 맘이 풀린다면 나를 죽이셔유. 그러고는 벌떡 일어선다. 그 서슬에 여선생의 머리에 치받친 권총의 총구가 불쑥 솟구쳐 남편의 머리를 겨냥하는 꼴이 된다. 곧바로 총소리가 울려야 할 순간. 남편의 손가락은 이미 방아쇠를 당겨버린 다음이다. 그러나 무대 뒤에서 마땅히 터져야 할 화약이 터지지를 않는다. 남편이 총구를 아예 자기 머리에 바짝 대고 연거푸 방아쇠를 당긴다. 그래도 화약은 터지지 않는다. 남편이 뭔가 크게 낭패했다는 체념 어린 표정을 지으면서 권총을 축 늘어뜨린다. 그제야 총성이 타앙, 뒤늦게 터져 나온다. 막이 내리고 전깃불이 켜진다.

달빛만으로는 잘 구분되지 않던 사람들이 또렷하게 눈에 들어온다. 나는 마당 가득 들어찬 사람들을 헤치고 들어갔다. 어렵사리 엄마 곁에 비집고 앉았을 때, 여동생을 안고 있는 엄마의 무릎에 비스듬히 기대어 꾸벅꾸벅 졸고 있는 다섯 살짜리 남동생을 보았을 때, 그제야 나는 아차, 무릎을 쳤다. 그것은 절대로 성낙이에게 말해서는 안 되는 일 아니었을까, 하는데 생각이 닿았던 것. 다시 막이 오르고, 검사가 감옥에 있던 탈옥수를 불러내어 사건의 자초지종을 캐는 장면이다. 왜 하고많은 집들 다 놔두고 그 집으로 침입했는가. 그 집에 들어가기 전부터 서로 아는 사이였는가. 뭔가 다른 인연을 맺은 일은 없는가. 검사는 집요하게 몇 번이고 다시 묻고 또 묻는다. 그러다가 장면이 홱 바뀌면서, 살인자를 심판하는 법정으로 변한다.

참을 수 없게 오금이 저리고 오줌이 마려웠다. 슬그머니 일어나 엄마 곁을 떠날 수밖에. 성낙이는 물론이거니와 말자의 일도 걱정이었다. 무대 앞을 벗어나자 둥근 보름달이 제구실하며 온 세상을 빠짐없이 환하게 내리비췄다. 나는 논둑길에 멈춰 서서 오줌을 내깔겼다. 아랫배에 발끈 힘을 주자 오줌발이 키를 넘을 듯 솟았다.

그러고 보면 그리 걱정할 일도 아니었다. 어른들의 일은 어른들이 해결할 몫일 뿐. 나는 그쪽으로 생각을 다지면서도 괴춤을 챈 여미지도 않고 무작정 줄달음을 놓았다. 숨이 턱에 차올랐다. 다행히 상수리나무 숲길 초입에서 성낙이와 마주쳤다.

나는 모랫바닥에 털썩 주저앉았다. 낭패였다. 뜻밖이었다. 달빛에 드러난, 성낙이의 우악스런 손길에 멱살 잡혀 끌려오는 사람은, 당집에서 내 눈길에 잡혔던 아버지가 아니었다. 숨소리 턱없이 거칠어진 성낙이가 주저앉은 나를 비켜 가며 쇳소리 한마디를 툭 내던졌다. 말자헌티 좀 가봐.

뭐가 어찌 돌아가는 판인지, 도무지 어림해 볼 도리가 없었다. 나는 모래밭에서 일어날 엄두도 못 내고 끙끙거렸다. 시간이 흐르면서 허벅지가 몹시 불편했다. 주머니 속 상수리 탓이었다. 나는 몸을 일으켜 무릎을 꿇고 주머니 속 상수리를 모두 꺼냈다. 학교에 가져가면 그것들은 유리구슬과 맞바꿀 수 있는 재산이었다. 나는 그것들을 집어 들고 하나 둘 열 스물 서른, 헤아리면서 숲그늘 속으로 멀리멀리 팽개쳤다. 마치 그것들 때문에 일을 그르치기라도 했다는 듯이 사납게. 그다음에는 할 짓이 없었다. 다시금 털퍼덕, 주저앉았다.

달빛이 상수리나무 가지로 모래밭에 그림을 그려놓고 있었다. 빛과 그림자로 촘촘하게 짜낸 그물은 모래밭을 뒤덮으며 길게 뻗어갔다. 어쩌면 고기를 잡기 위해 강물에 던져놓은 투망처럼 보이기도 했다. 저 그물로 무엇을 건질 수 있을까. 막막했다. 그게 왜 혜영이 아빠였을까. 알 수 없었다. 성낙이의 손길에 멱살을 잡혀간 게, 여우 아니었을까. 둔갑술을 익힌 백여우가 아닐까. 보름달 아래서 아홉 번 재주를 넘고 사람으로 둔갑하되, 어떤 사람으로든 자유자재로 변할 수 있다는 백여우.

휘리릭, 바람이 한 자락 불었다. 모래밭에 그려진 강물에 물결이 일었다. 물결은 가까운 곳에서 먼 곳으로 번져갔다. 휘리릭, 바람 한 자락이 또 불었다. 그 끝자락에 뜬금없이 성낙이가 내던진 쇳소리가 딸려 왔다. 말자헌티 좀 가봐. 나는 다리를 앞으로 당겨서 비틀, 몸을 일으켰다. 찌르르, 찌르르. 장판지에서 발목으로 찌릿찌릿, 전기가 흘러내렸다. 갑자기 마음이 급했다. 당집은 뭔가 으스스한 기운이 괴어있는 탓에 한낮에도 찾는 사람이 별로 없었다. 말자 혼자 거기에 남았다면, 무서울 것이다. 나는 달빛그물 위를 내달리기 시작했다. 그러나 그럴 필요도 없었다. 말자가 다리를 절뚝거리며 달빛그물 저쪽에서 걸어오고 있었다.

한꺼번에 많은 말자들이, 다가오는 말자의 머리 위 허공에서 팽팽 돌아갔다. 작년 여름 우리 집 안방에 들어서자마자 문고리를 걸던 말자. 제 옷 먼저 활활 벗더니 내 옷도 홀랑 벗겨내던 말자. 명선이의 발소리에 놀라 뛰어나오자 다음부터는 원수진 듯 외면하기를 일삼던 말자. 새삼스레 얼굴 마주하기 쑥스러웠지만, 어쩌랴. 다른 사람 아무도 없는 상황에서는, 서로가 서로를 돌봐줄 수밖에 없는 법. 나는 그녀 앞에 우뚝 멈춰 섰다. 나지막하고 부드러운 음성을 지어내어 물었다. 괜찮니.

대답하지 않았다. 말자는 내가 그 자리에 없는 듯, 몽롱한 눈길로 내 몸뚱이 너머를 내다봤다. 열한 살짜리 말자를 두고 어른들은, 나이보다 훨씬 숙성해 보인다고 했다. 아닌 게 아니라 키가 아홉 살짜리 나보다 한 뼘은 더 컸다. 다 자란 쑥대처럼 후리후리한 말자가 꽉 다문 입을 앞으로 내밀고는 쌩, 하고 내 곁을 베고 지나갔다. 많이 서운했다. 나는 저 때문에 이리 뛰고 저리 달리며 숨이 턱에 닿았거늘, 알은체조차 하지 않는다는 건 너무하다 싶었다. 하지만 따지고 보면, 아무리 늦춰 잡아도 나는 말자에게는 불청객이었다. 누구든 자기 부끄러운 모습을 지켜본 사람을 예사롭게 대할 수는 없을 테니 말이다. 나는 아주 천천히 뒤돌아서서 말자의 뒤를 멀찌감치 따라가는 게 최선이라고, 스스로에게 타일렀다.

상수리나무 숲길을 벗어나자 달빛이 정통으로 쏟아져 내리면서 그림자를 만들었다. 보름달이 정수리 위에 있었으므로, 그림자는 몸뚱이만큼만 길었다. 도지사댁 바깥마당 연극판도 막을 내렸을 시각이었다. 자칫하면 달빛을 밟으며 각자의 집으로 흩어지는 사람들과 마주칠지도 몰랐다. 나는 걸음걸이를 더 늦췄다. 한내를 건너면서 말자의 그림자와 내 그림자는 축구골대 사이만큼이나 간격이 벌어졌다. 나는 속도를 더 늦췄다. 말자가 성낙이네 집으로 들어갈 게 분명하다면, 굳이 내가 존재를 드러내어 불편하게 만들 까닭이 없었다.

어느덧 말자가 우리 집 앞을 지나쳐 성낙이네 집 쪽으로 접어들고 있었다. 거기서부터는 모퉁이가 살짝 휘었으므로, 말자의 그림자를 놓치고 말았다. 턱없이 많이 사이를 벌려놓은 탓이었다. 까닭 없이 마음이 급해졌다. 왠지 모르지만, 이번에야말로 꼭 말자의 마음을 내가 지켜줘야 할 듯싶었다. 나는 두 주먹을 모아 쥐고 뛰었다. 내가 우리 집 앞에 닿아 목을 늘이고 모퉁이 저쪽을 돌아봤을 때, 말자는 흔적도 없었다. 나는 고개를 갸웃거리며 머릿속으로 부지런히 생각을 굴렸다. 그렇다면, 벌써 성낙이네 집으로 들어간 것일까. 아니면, 보패재 고개를 치달아 오르고 있을까. 그것을 확인하자면 또 다시 축구골대 사이만큼 더 가봐야 했다. 거기 있는 성낙이네 집 뒤에서 길은 또 살짝 휘었고, 거기서부터 보패재 고개까지는 곧장 뻗은 마찻길이었다.

  달이 아무리 밝아도 한밤중이었다. 그 마당에 내가 왜 보패재 고개를 떠올리는지는 나도 알 수 없었다. 가슴이 콩닥콩닥 들뛰었다. 우리 집 안방에서는 불빛이 흘러나오고 있었다. 엄마가 와 있다는 증표였다. 나는 고개를 한껏 꺾고 하늘을 올려다봤다. 달이 밝아도 너무 밝았다. 나는 집으로 들어가지 못했다.

  아무래도 보름달 뜨면 나타난다는 백년 묵은 여우에게 홀린 게 분명했다. 그렇지 않다면 말자나 내가 한밤중에, 마을에서 축구골대 사이 세 배쯤이나 떨어진 보패재 꼭대기 여수바위까지 올라갔을 리 없었다. 달은 밝아도 너무 밝아서 말자의 몸짓, 손짓, 표정까지 고스란히 드러났다.

  마을에서 자살하려는 여자들이 찾는 장소는 딱 세 군데였다. 첫 번째는 당산나무였다. 굵은 가지는 밧줄을 걸기에 딱 알맞았다. 두 번째는 한내 하류에 있는 용소였다. 명주실꾸리 하나가 다 풀릴 만큼 깊다고 했다. 세 번째가 여수바위였다. 벼랑의 높이가 어른 키로 열 길이 넘었고 밑바닥조차 울퉁불퉁한 암반인 탓에 거기서 떨어지고도 살아난 사람은 아무도 없다고 했다. 내 생각이 진즉 거기에 가 닿았다면, 말자의 뒤를 따르기보다는 성낙이네 집으로 뛰어들어 왜장을 쳤을 것이다. 사람 살려.

축구골대 하나만큼 벌어진 거리만 좁히겠다고 용을 쓰며 따라붙었으나, 말자가 더 빨랐다. 내가 숨을 몰아쉬며 여수바위 아래에 다다랐을 때, 말자는 벌써 여수바위 꼭대기에 올라섰다. 내가 옆으로 에돌아 꼭대기에 막 올라섰을 때, 말자가 치마를 뒤집어쓰고 훌쩍 뛰어내렸다. 처음에는 한 마리 새나 나비처럼 가뿐하게 날아오르는 듯싶었다. 달빛을 함뿍 받아 부풀린 치마폭이 한껏 아름답기까지 했다. 어이없게도, 그 아름다운 치마폭이 겨우 한 길 아래에 빗겨 선 어린 소나무 가지에 걸렸다.

그게 어찌 된 영문인지 알아차리기까지의 시간이 흐른 다음, 맹렬한 사투가 시작되었다. 나는 말자의 맨 처음 몸부림을, 나뭇가지에 걸린 치마폭을 풀고 내처 떨어지려는 몸짓이라고 보았다. 두 눈을 꽉 내리감았다. 그런데, 아니었다. 한참 지난 뒤 체념하고 눈을 떴을 때, 말자의 두 손은 바위틈에 잔뿌리를 박은 어린 소나무 밑동을 틀어쥐고 있었다. 그것은 살고 싶다는 강력한 신호였다. 어린 소나무가 잔뿌리를 박고 있는 틈새는 아래위로 갈라져 있어서 손잡이가 될 수 없었다. 밧줄이 있다면 당장 던져줘야 할 판이었다.

아아아, 아아아, 아아아. 나는 마을을 향해서 비명을 내지르는 것 말고는 별수가 없었다. 아아아, 아아아, 아아아. 나의 비명은 보름달 쳐다보고 짖는 외로운 여우처럼 슬펐다.

겨우 한 길 남짓 아래쪽에서 가느다란 어린 소나무를 틀어쥐고 몸부림치는 말자를 빤히 내려다보면서도, 나는 아무런 할 일이 없었다. 말자는 손 하나씩을 교대로 뻗쳐 바위를 더듬어 틈새를 찾았다. 말자의 두 발은 컴퍼스의 두 다리처럼 원을 그리면서 바위를 두드리고 더듬어 가며 디딜 틈새를 찾았다. 아아아아, 아아아아, 아아아아. 나는 허공을 향해 울부짖을 수밖에 없었다. 아아아아, 아아아아, 아아아아. 나의 비명은 바위틈을 더듬어 헤매는 말자의 두 다리보다도 더 외로웠다.

다급한 내 눈길이 제자리를 맴돌다가 발아래 진달래나무 한 포기를 밟았다. 겨우 새끼손가락 굵기였다. 내 몸을 견디기에는 턱없이 어설펐다. 그게 철근토막처럼 견고하다 하더라도, 잡고 엎드려서 손을 뻗친다 하더라도, 말자에게 가 닿을 희망은 한참 더 모자랐다.

말자의 몸부림이 점점 폭을 넓혔다. 두 다리가 도지사댁 대청마루에 걸린 괘종시계 불알처럼 흔들렸다. 투둑, 절대로 끊어져서는 안 될 것이, 끊어질 수밖에 없는 것이, 끊어지고야 말 것이, 마침내 끊어지는 소리가 들려왔다. 말자의 흔들림을 견뎌내지 못한 어린 소나무 뿌리 중 한두 가닥이었다. 말자가 움직임을 딱 멈췄다. 어린 소나무도 숨을 딱 멈췄다. 달빛에 젖은 온 세상이 정적 속으로 가라앉았다.

 투두둑, 투둑. 결코 들려와서는 안 될 소리가, 결국 들려올 수밖에 없는 소리가, 끝내 들려오고야 말 소리가 단번에 달빛을 쪼개면서 달려들었다. 아, 안 돼. 나는 털퍽 엎드렸다. 오른손으로 새끼손가락만 한 진달래나무 줄기를 틀어쥐었다. 한껏 몸을 기울여 왼손을 아래로 뻗쳤다. 내 두 발이 힘없이 스르르 미끄러졌다. 온몸이 허공에 대롱거렸다. 타닥, 이번에는 진달래나무 뿌리가 비명을 내질렀다. 잇달아 아아아아아악, 말자의 비명이 들려왔다. 나는 까무룩이 정신을 놓쳤다.

 정신 차려라. 누군가 내 몸뚱이를 끌어올려 놓고 뺨을 후렸다. 성낙이였다. 성낙이가 나를 번쩍 일으켜 세우더니 우악스럽게 잡아끌었다. 비틀걸음으로 에돌아 내려갔을 때, 여수바위 아래에는 아버지가 서 있었다. 말자는, 어쩌자고, 한밤중에 아버지 발아래 누워 달바라기를 하고 있었다.

 이튿날은 비가 내렸다. 말자는 여수바위 뒤편 애장터에 묻혔다. 말자가 여수바위에서 떨어질 때, 혜영이 아빠는 도지사댁 안채에서 예쁜 분홍색 알약을 삼켰단다. 다음날도 비가 내렸다. 혜영이 아빠는 보패재 도지사댁 선산에 묻혔다. 검정색 세일러복을 빼입은 혜영이가 할머니 치마폭에 슬픈 얼굴을 비벼대며 비를 맞았다.

 성낙이는 이틀 내내 빗속을 누비며 날뛰었다. 주먹 불끈 쥐고 허탕을 치며 울었다. 혜영이 아빠를 끌고 오느라 말자 홀로 당집에 놔둔 일을 두고 울었다. 여수바위에서 아아아아, 아아아아, 아아아아, 울부짖는 내 목소리를 듣고 아버지와 함께 달려오느라 혜영이 아빠를 그냥 풀어준 일을 두고 흐느꼈다. 아버지보다 한 걸음 먼저 여수바위로 달려와 거꾸로 매달린 나를 구했으되, 좀 더 빨리 달려와 말자마저 구해내지 못한 일을 두고 통곡했다.

성낙이보다 더한 허방에 빠져, 나는 숨죽여 울었다. 저기 말이여, 빨리 당집으루 가봐. 그 말만은 성낙이에게 하지 말았어야 했다. 나는 울음을 목구멍으로 구겨 넘기며 울었다. 왜 말자 앞을 막아서지 못했단 말인가. 나는 꺽꺽거리며 흐느꼈다. 허공에 거꾸로 매달린 것처럼 머리로 피가 쏠리고, 쥐가 나는 듯 뻣뻣했다. 그게 혜영이 아빠인 줄 처음부터 알았다면 얼마나 좋았을까. 끝내 알 수 없는 일 하나가 숨길을 턱턱 막았다. 나는 어찌하여 혜영이 아빠를 잘못 알아봤더란 말인가. 문구멍으로 본 게 아버지라고 굳게 믿었더란 말인가. 아버지는 말자를 파묻는 애장터에서도, 혜영이 아빠를 파묻는 도지사댁 선산에서도 막힘없는 목청으로 마을사람들을 휘몰아쳤다.

7. 그해 여름

여름하늘이 풍덩 풍덩, 시도 때도 없이 공동우물에 몸을 던졌다. 퐁 퐁 퐁, 가라앉으려는 구름송이를 물거품이 밀어 올리고 떠받쳤다. 어제가 그제 같고 그제가 오늘 같은 날이 한내의 물굽이처럼 이어졌다. 더러는 밋밋한 시간의 물결 위에 물수제비를 띄웠다. 심심하구나, 정말 심심해. 새 물결과 헌 물결이 자맥질을 거듭할 즈음, 이런저런 일들이 우르르 밀어닥쳤다.

첫 사건은, 열 살짜리 사내아이 홀로 따박따박 줄여갈 수밖에 없는, 십리 등굣길에서 터졌다. 책보를 겨드랑이에 끼고 황톳길에 재봉 박음질하듯 발자국을 찍어대는데, 다복솔 뒤에서 산토끼처럼 톡 튀어나온 찌질이가 앞을 딱 가로막았다. 돈 줘. 꿔준 돈이라도 돌려받자는 듯, 사팔뜨기 눈알을 요리조리 굴려대며 다가들었다. 짜증이 콱 솟구쳤다.

소향리 언덕에서 미끄러져 내려온 샛길이 읍내로 뻗은 마찻길로 흘러드는 삼거리였다. 그날만 등교하면 여름방학이라는 생각에 정신을 팔다가 늦잠에 휩쓸려 들었다. 재바르게 발을 놀린대도 지각은 떼놓은 당상이었다. 재수 없이 걸려들면, 드넓은 운동장을 싸리비 자국이 가지런하게 쓸어놓으라는 벌을 쓰게 될는지도 몰랐다.

나는 일단 들끓는 부아를 찍어 누르고 놈의 어깨너머를 짯짯이 훑었다. 샛길도 마찻길도 텅 비어 있었다. 그렇다고 안심해선 안 되었다. 언제 어디서 어떤 놈이 낚싯대를 잡아챌지 몰랐다. 놈은 미끼였다. 멋모르고 덥석 물었다가 된통 뜯긴 게 한두 번이 아니었다. 참자. 나는 속으로 내게 외쳤다. 이번만 참자.

뱃속에 든 내가 되받아쳤다. 지난번에도, 저지난번에도, 이번만이라고 했잖아. 나는 다급한 목소리로 속삭였다. 한 번만 더 비겁하자. 이번만, 정말 이번만. 그랬건만, 나는 참고 싶었건만, 뱃속에 든 또 하나의 내게는 양보할 마음이 없는가 보았다. 사내자식이, 소향리 아이들 가운데 제일 못난 반편이에게마저 꼬리를 접고 살아서야 뭣에 쓰겠냐. 엄마의 말투를 흉내 내가며, 내가 나를 타이르자고 나섰다. 도리가 없었다. 딱 한 번만 내게 져주자, 나는 눈을 질끈 감았다.

느닷없이 몸을 틀면서 놈의 정강이를 걷어찼다. 우으앙. 놈이 있는 힘을 다하여 사이렌을 불었다. 아무도 나타나지 않았다. 하긴, 커다란 아이들도 학교에 갔을 시간이었다. 이판새판, 내가 놈에게 저지른 화를 피하자면 어쩔 수 없었다. 놈을 확 떼밀었다. 나자빠진 놈을 훌쩍 타 넘어 훅훅 달아오르는 한여름 마찻길의 한복판을 냅다 뛰었다. 우와앙. 땅바닥을 뒹굴며 더 크게 궁굴린 사이렌 소리가 다급하게 뒤꿈치를 따라붙었다.

학교가 저만치 눈에 들어왔을 때, 근심 걱정 불안의 먹장구름이 한꺼번에 싹 걷혔다. 전교생이 교문 밖 실습장으로 쏟아져 나온 듯

와글와글했다. 방학을 앞두고 학년별 학급별로 심어 가꾸던 푸성귀 밭을 정리하고 있는 것이라면, 한두 사람쯤 지각을 했느냐를 따지진 않을 성싶었다. 마음을 놓기는 일렀다. 호사다마. 어릴 때 혜영이네 서당에서 뜻도 모르고 주워들었던, 호사다마라는 사자성어가 곧장 뒤통수를 때렸다. 심술보따리 으벵이가 어디선가 조르르 달려왔다. 괴춤을 당겨 쥐고 측백나무 그늘로 나를 끌어당겼다. 녀석이 휙 돌아서며 꽝, 내 얼굴을 들이받았다. 광선이, 너땜에 나만 애덜헌티 얻어터졌단 말이다. 그 말이 으벵이의 입에서 채 빠져나오기도 전 주르르, 쌍코피가 터졌다. 녀석의 증조할아버지가 예전에 의병이었다던가 해서 별명으로 불리는 으벵이는, 4학년 12반의 90명 중 키가 제일 작았고 서열 89번이었다. 학업성적이 아니라 싸움 실력이 그랬다. 90번은 나였다. 그러니까, 그 무렵 으벵이의 유일한 낙은 유일한 쫄짜인 나를 못살게 구는 거였다.

  도덕책에 적힌 대로 친구끼리 사이좋게 잘 지내던 사내아이들이, 갑자기 서열 싸움에 열을 올리기 시작했다. 3학년 2학기 늦가을부터였다. 누가 누구를 이기느냐, 누가 누구에게 지느냐, 사내아이들 입에서 이기고 지고가 메뚜기처럼 튀었다. 선생님 눈 안 띄는 곳, 부모님의 귀 안 닿는 곳, 으슥한 곳마다 싸움판이 벌어졌다. 오래도록 치열하게, 소리 없이 격렬하게 결투가 이어졌다. 90명 아이들 모두 돌아가며 맞장을 뜨지는 않았다. 누가 누구와 싸워 이겼으니까 누구에게 진 누구누구도 이긴 것으로 친다, 승자승 원칙에 따라 차곡차곡 서열이 매겨졌다.

어떤 학급의 90명 중 서열 90번이라는 것은, 천여 명 4학년생 중 서열이 천 번째라는 말과 다르지 않았다. 내가 일곱 살에 입학했으므로 나이는 어렸으나 작은 체격은 아니었다. 공정하게 말하자면 중간쯤의 서열, 40번 이쪽저쪽이 합당했다. 그렇건만 입지조건이 매우 불리했으므로, 스스로 꼴지의 길을 선택해야만 했다. 전교생 중 나 혼자만 멀고 먼 용봉산 아랫마을에 살았다. 학교에서 집으로 가는 십리 길 중간에 공동묘지와 보패재가 있었다. 처음 입학할 때만 해도 셋이었는데, 하나는 우물에 빠져 죽고, 하나는 도청소재지가 있는 대처로 전학했다. 외돌토리로 남겨진 나 혼자만 아침저녁으로 가파른 보패재를 넘나들었다.

정정당당히 겨뤘던 아이들도, 내 입지조건이 옹색한 줄 아는 까닭에 패배를 인정하지 않았다. 하굣길을 가로막고 버텨 서서 다시 겨루자, 맞섰다. 시간을 끌면 끌수록 홀로 보패재 넘을 걱정 때문에 제풀에 지쳐 넘어지리라, 넘겨짚은 행티였다. 그 속이 빤하건만, 번번이 걸려들 수밖에 없었다. 그 아이들과 일일이 서열싸움을 치르자면, 몇 날 며칠이나 어둔 밤길 가슴 죄고 마음 졸이며 공동묘지 에돌고 보패재를 넘어야 할지 가늠조차 어려웠다.

학급서열 90번 으뻥이에게 결투를 청했다. 아이들이 가장 많이 모이는 시간과 장소를 골랐다. 수업이 끝난 뒤 운동장 끝 아름드리 호두나무 아래, 아이들이 빽빽이 울타리를 친 가운데, 서부영화의 한 장면처럼 석양을 빗기며 으뻥이와 마주 섰다.

결투준비가 요란했던 것에 비하면, 승부는 싱거웠다. 주먹을 크게 휘둘러 헛방을 치는 척, 으벵이의 주먹 앞에 내 코를 들이댄 결과였다. 단 한 방에 터졌다. 나만 아는 비밀이었다. 다섯 살 때부터 홍식이에게 자주 얻어터진 탓에, 내 코는 슬쩍 건드려도 피를 쏟아냈다. 혜영이네 서당에 빌붙어 다닐 때, 홍식이는 얼굴에서도 코만을 노려 주먹을 날렸다. 그때는 크게 잘못되는 듯싶어 걱정이었는데, 더러는 요긴하게 쓰이기도 하는 게 신기했다. 주르르 흘러내린 코피를 손등으로 쓱 훔쳐 눈앞으로 끌어다가 확인한 다음, 나는 털썩 제자리에 퍼질러 앉아 와앙, 울음을 내뽑았다. 그랬다. 그 시절 아이들 싸움이란, 코피가 터지면 진 것으로 치게 마련이었다. 나는 단번에 학급서열 90번을 꿰찼고, 그날부터 눈을 내리깔고 살았다. 아무도 내게 싸움을 걸지 않았다. 나를 이겨봐야 얻을 게 아무것도 없었다. 으벵이만 가끔 확인하듯 나를 툭 걷어차거나 들이받았다. 그때마다 엉거주춤, 맞은 자리 문지르며 엄살을 피우면 되었다. 나는 큰 깨달음을 얻었다. 지는 재미가 이기는 재미보다 훨씬 쏠쏠하고 통쾌하다. 더욱 비겁해지자. 학급 아이들뿐 아니라 집으로 가는 길목의 소향리 아이들에게도 무릎을 꿇었다. 기꺼이 주머닛돈도 꺼내서 바쳤다.

으벵이 녀석이 쑥을 비벼서 틀어막아 준 코피가 멎을 때쯤, 실습장 정리가 끝났다. 신발에 달라붙은 흙을 털어내며 교실로 들어서자, 선생님이 말했다. 내일부터 한 달 동안 여름방학이다. 개학하면 새 학기가 시작되니 예습복습이며 방학숙제를 잘하도록 해라. 아이들이 입을 모아 대답했다. 네, 선생님. 선생님은 조용해지기를 기다렸다가 다음 말을 이어 붙였다. 지금부터 2학기 교과서를 나눠주겠다. 그런데, 책값을 내지 않은 사람은 책값을 가져와야만 책을 줄 수 있다. 방학 중에도 선생님은 학교에 나오니까 언제든지 책값을 가져와서 책을 받아 가라.

여간한 낭패가 아니었다. 면장선거놀음에 빠진 아버지는 걸핏하면 집에 들어오지 않았다. 그를 두고 외할머니가 더러는 엄마 앞에 푸념을 늘어놓곤 했다. 광선아부지는, 아예 도지사댁 사랑방에 슨거본부를 차렸다던디. 혜영이 작은애비가 사무장을 맡어서 사뭇 설치구 댕긴다던디. 혜영애비 죽은 게 지난가을인디, 도지사님이 참최상복 입은 혜영에미에게 광선애비 시중을 들랬다던 남세스런 소문도 돌던디. 뜻 모를 소리에 갑갑해진 내가 말머리를 헤치고 들었다. 할머니, 슨거본부가 뭐래유. 할머니가 비녀를 뽑고는 참빗으로 천천히 머리타래를 빗어 내리면서 대꾸했다. 그게 느 아부지가 면장 될라고 출마럴 혔는디, 그러자니께 사람덜을 시켜서 동네사람덜헌티 표럴 찍어달라구 부탁허러댕기넌 사람덜이 모이는 디여, 게. 그럼 사무장은 또 뭐시래유. 선거운동 일꾼덜을 부리넌 대장이래지 아마. 긍께 학교서 급장선거 허드시 면장을 뽑넌디, 아부지가 면장을 허것다구 나섰구 혜영이 작은아부지, 긍께 홍식이 아부지가 사무장이라넌 뜻인규. 그려, 바루 맞혔구먼. 그럼 참최상복은 또 뭐시래유. 그거넌, 냄편 죽은 아낙네넌 삼년 동안 상복을 입넌디, 그중이서두 그중 거치른 여섯새 베루다가, 가장자리를 꿰매지 않구 올이 풀리건 말건 잘라낸 자리 감치지두 않구 맨든 옷이여.

그러니께, 슬프고 또 슬프니께 모양을 내지 않은 옷을 입는다는 표시인겨. 소문이 그렇고 보면, 아버지가 언제쯤 집에 들를는지 알 수 없었다. 게다가 아버지에게 책값을 타낸다고 한들, 무더위를 뚫고 십리 길을 걸어왔다가 걸어가야만 하는 일이 또 남게 된다. 가슴이 답답하게 죄어왔다. 하릴없이 책보를 챙겨 들고 아이들 꽁무니에 붙어 교실을 나서려는데, 선생님이 불러 세웠다. 광선아, 편지 왔다.

봉투에 혜영이 이름이 씌어 있었다. 까닭 없이 화끈, 얼굴이 달아올랐다. 하지만, 선생님도 아이들도 별다른 표정을 짓지 않았다. 찬찬히 짚어보니, 2학년 2학기 때 전학 간 혜영이를 기억하는 사람은 나 혼자뿐이었다. 나는 책보를 풀고 편지를 국어책 갈피에 끼운 다음 천천히 다시 묶었다. 어깨에 둘러멜까 하다가 한여름 날씨 생각에 그냥 들고 돌아서는데, 으벵이가 뭔가를 쓱 내밀었다. 깜짝 놀라 몸을 홱 틀다가 하필이면 문틀에 콧등을 슬쩍 찧었다. 얼떨결에 코를 싸쥔 채 돌아보니, 으벵이 손에 들린 것은 찐고구마였다. 집까지 먼 길, 가다가 먹거라, 방학 동안 잘 지내구. 딴에는 녀석이 아침나절 코피 터뜨린 일을 사과하는 뜻으로 인사를 차리는 셈이었건만, 나는 그걸 받아 들지 못했다. 손가락 사이를 비집고 뚝뚝 떨어지는 뻘건 코피 때문이었다.

새옹지마. 그날은 어릴 때 혜영이네 서당에서 뜻도 모르고 주워들었던, 사자성어들이 신통하게도 착착 떠오르고 들어맞는 날인가 보았다.

으벵이가 이번에는 제 공책을 찢어 싹싹 비벼 콧구멍을 틀어막아 준 다음, 그리고도 끝내 군고구마를 억지로 주머니에 찔러 넣어준 다음, 집으로 걸어가는 길. 소향리 세거리에서 또 코피가 터졌다. 무더위에 숨이 차오르는 걸 못 참고 콧구멍에서 종이를 빼낸 탓이었다. 나는 책보를 길가에 던져놓고 논둑으로 내려가서 도랑물에 세수를 했다. 바람은 미지근했지만 도랑물은 시원했다. 정신이 번쩍 들었다. 그때였다. 너 잘 만났다. 언덕 위 샛길에서 찌질이를 앞세운 소향리 커다란 아이들이 고함을 지르며 우르르 굴러 내렸다. 코피가 멎었는지 확인할 틈이 없었다. 길가에 던져둔 책보도 까맣게 잊었다. 죽어라, 젖 먹던 힘을 다해 공동묘지를 에돌고 보패재로 치달았다.

간신히 놈들을 따돌리고 보패재에서 내려다보니, 새옹지마는 새옹지마였다. 아침나절 찌질이를 밀어 넘어뜨린 건 분명한 실수였다. 그동안 주먹을 말아 쥐고 이를 악물면서 얼마나 잘 참아냈던가. 그토록 숨죽이며 쌓아온 공든 탑을 단번에 무너뜨린 행동이야말로 바보짓 아니겠는가. 그로인해 죽어라 달려간 덕분에 지각으로 벌쓰는 것을 면한 건 잘된 일이었다. 으벵이의 박치기를 받긴 했지만, 그만해도 다행이었다. 책값을 내지 못해 2학기 교과서를 받지 못한 것은 낭패였다. 그러나 소향리에 버리고 온 책보에 2학기 새 교과서가 들어있었다면, 홀가분하게 뒤도 안 돌아보고 도망칠 수 있었을까. 책보가 거기에 남았으니, 소향리 아이들 역시 쫓아오다 그만둔 것 아니겠는가. 언젠가는 그걸 찾으러 제 발로 걸어오리라는 믿음이, 그 아이들의 게으름을 부추긴 것 아니겠는가. 나로서야, 다 배워버린 헌책뿐인 책보를 포기한다고 해서 무엇이 아쉽겠는가.

좋은 일 끝에 나쁜 일이 따라붙는 게 바로 호사다마 아니겠는가. 하나의 사건이 다른 사건을 불러오되, 그것들이 좋았다 나빴다 뒤죽박죽 변덕을 부리는 게 새옹지마 아니겠는가.

분홍과 하양, 뽀얀 목덜미와 발그레한 귓불. 연분홍 손톱에 걸린 얇은 허물이 벗겨질 때마다 혜영이 볼처럼 발그레하게 혹은 하얗게 색깔을 바꾸며 드러나는 수밀도의 속살. 손톱 끝에 힘이 실릴 때마다 가만가만 기울어졌다 되돌리는 어깨와 슬며시 삼베적삼 앞섶 치받다가 되돌리는 젖가슴. 그 서슬에 긴가민가 코끝을 스치는 복숭아 냄새. 나는 황홀한 빛깔에 취해 꿈속을 거닐었다. 허물을 벗는 복숭아와 벗기는 이의 몸짓이 아른아른 춤을 추는 은쟁반에 코를 박고 숨을 멈췄다.

장날 읍내 장터를 다 돌아봐도 기껏 아이들 주먹만 한 유두복숭아가 고작이었다. 음력 유월보름 어름에 익는대서 유두복숭아였다. 며칠 전에는 아랫집 데상네 울타리에서 몰래 하나를 따내다가 엄마에게 종아리를 맞기도 했다. 그럴건만, 처음 본 도지사댁 수밀도는 어른 주먹보다도 컸다.

자, 다됐다. 물이 떨어지니 쟁반에 바짝 다가앉아서 먹으렴. 혜영이 엄마는 고개 들어 나를 향해 활짝 웃더니, 허물을 홀랑 벗긴

알복숭아를 덥석 쥐어주었다. 얼떨결에 받아 들긴 했으나 선뜻 입으로 가져갈 수는 없었다. 너무 크고 너무 예뻤다. 혜영이 볼처럼 흠 하나 없는 속살에다 냉큼 뻐드렁니를 박는다는 건, 염치없어 보였다.

혜영이 엄마가 반짇고리 옆으로 돌아앉아 모시적삼을 당겨 쥐면서 말했다. 광선이 너희 아버지 옷을 짓는 중이구나. 도지사님 선물이란다. 바지는 다되었고 이것만 마무리하면 되는구나. 혜영이 엄마는 곧장, 거기 내가 있다는 사실을 까마득히 잊어버리기라도 한 듯 고요한 눈길을 내리깔고, 바늘 쥔 손을 가만가만 놀리기 시작했다. 아버지의 중의적삼이었다. 먼 하늘이 언뜻언뜻 얼비치는 듯싶게 파르스름한 세모시 진솔옷이었다.

내 눈길이 저절로 혜영이 엄마 반짇고리 앞에 툭 떨어졌다. 내가 들고 온 옷보따리가 낯가림 하듯 거기 놓여 있었다. 지난밤 늦도록 엄마가 다림질한 아버지의 모시옷이었다.

그 모시옷 한 벌에 엄마의 하루가 꼴까닥 지나갔다. 엄마는 대야 가득 잿물을 풀어놓고 땀 냄새 밴 모시옷을 조물조물 주물러 빨았다. 찹쌀가루로 풀을 쑤어 먹이고, 잠깐 널어 말리는 듯하다가, 아직 촉촉할 때 천에 싸서 자근자근 밟았다. 다된 듯 훌훌 털어 빨랫줄에 널더니, 바싹 마르기 전에 거둬들여 다리미질을 시작했다.

다리미질은 엄마 혼자 할 수 있는 일이 아니었다. 쟁반처럼 둥근 무쇠다리미 안에 숯불을 피워 뜨거워질 무렵, 엄마는 나를 대청마루로 불러 앉혔다. 옷의 한쪽 끝을 오른발가락과 왼손으로 눌러 잡고는, 다른 한 끝을 내게 건네었다. 넓게 펼쳐 쥐고 높이 쳐들어라. 엄마는 숯불이 벌겋게 피어오른 다리미를 슬슬 밀어 올렸다. 단단히 잡아라. 옷감의 주름이 잘 펴지지 않으면 다리미 자루에 힘을 실었다. 더 높이 쳐들어라. 내 손이 스르르 처질라치면 엄마 목소리에 힘이 발끈 실렸다. 여름밤의 무더위에 보태진 다리미의 열기가 훅훅 달려들었다. 늘 그랬듯이 온종일 애기에 시달리고, 모시옷 손질에 시달린 엄마보다 내가 먼저 지쳐 떨어졌다.

이건 아니야. 나는 찬물을 뒤집어쓴 듯, 속으로 외쳤다. 공평치가 않아. 등굣길 길목을 지키는 커다란 소향리 아이들 앞에 홀로 맞서는 나처럼.

동생이 둘이나 매달리기 전까지는 삼동네 미인으로 꼽혔던 엄마였다. 이제는 햇볕에 검붉게 탄 얼굴과 애기 들쳐 업고 종종거린 몸뚱이에 밴 땀 냄새뿐이었다. 혜영이 하나를 낳았을 뿐, 행랑 아낙들의 시중을 받으며 바느질 소일이나 하는 혜영이 엄마는 향기로웠다. 거칠고 칙칙한 참최상복을 걸쳤을망정, 언뜻언뜻 내비치는 속살은 수밀보다도 고왔다. 동네일 본다며 집안 살림살이 나 몰라라 밖으로 나도는 아버지 대신 흙일 물일 마다하지 않는 엄마의 손길은 거칠었다. 양초처럼 하얀 혜영이 엄마 손가락과 어찌 비교할 수 있다는 말인가.

나는 나도 모르게 쥐고 있던 수밀도의 속살에 뻐드렁니를 힘껏 들이박았다.

혜영이 엄마의 배웅을 받으며 대문을 나설 때까지도 아버지의 눈길은 내게 닿지 않았다. 도지사댁 사랑방 사람들 틈에서 혜영이 작은아버지와 마주 앉은 아버지를 단번에 짚어냈건만, 한 번도 내게는 눈을 주지 않았다. 아버지한테 광선이 다녀갔다고 말씀드릴 테니 걱정 말고 잘 가렴. 엄마한테도 아버지 옷 걱정, 끼니 걱정 내려놓으라고 전해드리렴. 편치 못한 내 마음 다독이려고 혜영이 엄마가 얹어준 말마디도 편치 않았다. 옷보자기에 싸준 수밀도 몇 개가 발걸음 내디딜 때마다 툭툭, 불안스럽게 무릎을 두들겼다.

기분이 지랄 같았다. 미워해야 마땅한 상대를 미워하지 못한 것은, 수밀도 탓이었다. 엄마가 하루해를 온전히 들여 손질한 아버지의 헌 모시옷이 혜영이 엄마 손에 들린 진솔옷에 치이고, 궂은 흙일 물일에 옹이가 진 엄마의 손이 양초처럼 하얀 혜영이 엄마 손가락에 치이고, 그래서 적의를 한껏 일으켜 세워 혜영이 볼처럼 고운 수밀도의 속살에 뻐드렁니를 힘껏 들이박았건만, 실패였다. 복숭아의 단물이 단번에 입 안을 점령해서 모든 생각들을 침몰시킬 줄은 짐작도 하지 못했다. 입 안을 가득 채우고 범람한 단물이 삽시간에 날 선 마음의 모서리까지 녹여버릴 줄은 꿈에도 몰랐다.

엄마와 혜영이 엄마의 문제와 상관없이, 혜영이의 안부를 묻지 못한 일도 후회스러웠다. 전후 사정이야 어떠하던, 어릴 적 단짝이었던 혜영이가, 대처에서 학교에 잘 다니고 있는지 빈말로라도 물어봤어야 했다. 며칠 전에는 웬일로 혜영이가 편지를 보내왔는데, 펴보지도 못했다는 말까지 마저 했어야 옳았다.

무엇보다도 2학기 교과서 값을 받아오지 못한 게 큰일이었다.

내 손에 옷보자기를 쥐어주면서 엄마가 말하지 않았던가. 아버지께 갖다드리고 책값도 타오너라. 그렇다면 대문을 들어서자마자 혜영이 엄마 손에 이끌려 별당으로 향해서는 안 될 일이었다. 옷보자기를 귀양이라도 온 것처럼 방바닥에 팽개쳐 두고 한가하게 수밀도 따위나 얻어먹고 앉았을 일이 아니었다. 사랑채 앞에서 큰소리로 아버지를 부르고, 2학기 교과서 값을 받아왔어야 했다. 면장 선거놀음도 중하지만 집안 살림도 잊지 말아달라는 내 의견도 한마디 덧붙였어야 옳았다.

질러가는 둑길에서 마주친 까치독사에게 재앙이 뻗쳤다.

말로만 들었던 뱀 죽이기였다. 부글부글 끓는 속이, 처음 닥친 그 일을 예사로운 일인 듯 단숨에 해치워버리라고 부추겼다. 길 복판에 고개를 쳐들고 똬리를 튼 까치독사를 발견한 순간, 나는 뒷걸음질부터 쳤다. 놈은 팔 하나 길이는 족히 돼 보였다. 나는 잘 자란 쑥대 하나를 꺾어 잎을 좌악, 훑어냈다. 그다음엔 흔해빠진 마른 쇠똥 두어 개를 주워 들고 놈에게 다가갔다. 소똥으로 얻어맞으면 어째서 화가 뻗쳐 때린 사람을 쫓아온다는 것인지, 귀동냥으로나 들었을 뿐 눈으로 본 일은 없었다. 그렇건만, 하나도 두렵지 않았다. 쇠똥 하나를 치켜들어 놈의 세모난 머리를 때렸다. 바싹 마른 쇠똥은 가벼웠다. 그걸 맞는다고 상처가 나거나 아플 리는 없었다. 아닌 게 아니라, 놈이 스르르 똬리를 풀고 내 쪽으로 방향을 틀었다. 그 틈에 또 하나를 던져 머리를 때렸다. 놈이 고개를 내젓는 듯싶더니 몸뚱이를 절반쯤 치켜세우고 쇄액, 소리를 내며 달려왔다. 뱀에게 쫓길 때는 이리저리 방향을 바꿔가며 도망쳐야 한다는 말이, 저절로 떠올랐다. 나는 둑길 이쪽저쪽으로 삐뚤빼뚤 도망치는 척하다가 휙 돌아섰다. 쫓아오던 속력을 미처 줄이지 못하고 그대로 옆을 스쳐 가는 뱀의 목을 쑥대 회초리로 힘껏 후렸다. 달려오던 기세와는 딴판으로, 뱀은 힘없이 툭 꺾였다. 회초리에는 살도 뼈도 아닌 빈 허물만 걸리고, 속절없이 접힌 몸뚱이는 가녀리게 꿈틀대다가 멎었다.

나쁜 일이 소나기처럼 삼형제가 몰려다니듯, 좋은 일도 혼자 다니는 건 아닌 모양이었다. 까치독사와 맞선 일이 대견스러워 개선장군처럼 의기양양 대문을 들어섰을 때, 기다리지도 않던 책보가 돌아와 있었다. 어찌 사 년씩이나 소향리 애덜헌티 당허구 지냈냐. 진즉 나헌티 말혔으면, 되레 그 애들이 광선이 너를 돌봐주게 허구 두 남었을 거슬. 머슴 방서방의 그 말에 나는 소스라쳤다. 방서방은 피란민이었고 소향리는 피란민 동네였다. 그걸 왜 소향리 아이들과 따로 떼놓고 생각했던 걸까. 왜 사 년씩이나 그 애들에게 얻어맞았을까. 억울했다. 하지만, 그만해도 다행 아니냐는 생각이 뒤따랐다. 생각들이 꼬리에 꼬리를 물고 떠올랐다가 스러졌다. 나는 열흘도 더 지난 다음에야 방서방 손에 들려 되돌아온 책보를, 펼쳐도 안 보고 고스란히 윗방 선반 위에 던져버렸다. 방학식 날 소향리 아이들에게 버리고 왔던 그 책보보다는, 2학기부터는 등굣길 걱정 끝이라는 사실이 훨씬 반가웠다.

단박에 방서방이 우러러 보였다. 당장 그날부터 방서방 꽁무니에 붙어 다니며, 뒤늦게 면장선거놀이 학습에 열을 올렸다. 면장선거 투표를 닷새 앞둔 한낮이었다. 나는 국민학교 4학년 열 살짜리에 불과했고, 방서방은 함경도 산골짜기에서 화전을 일궈먹다가 피란 나온 촌놈이었다. 수준이 엇비슷하다 보니 제법 말이 통했다. 정감록이라넌 술서에 용봉산 아래 사백 년 도읍 명당이 있다고 했다던디. 방서방이 그렇게 들은풍월을 옮길라 치면, 내가 곧장 되받았다. 술서가 뭔디. 글씨, 그게 아무래두 특별헌 책이라는 말 아닌개벼. 그 다음 말은 또 뭔디. 그게 왕이 나올 자리라구 허던디. 그런게 여기 용봉산 아래서 왕이 나온다는 얘긴감. 그렇다는겨, 가야산의 앞뒤에 붙어있는 열 고을을 일컬어 내포라고 허던디, 그중에서두 용봉산 아래 자리 잡은 우리 면이서 세상 구제헐 큰인물이 난다는 말이랴. 용봉산의 용(龍)이나 봉(鳳)이 모두 왕을 가리키는 글자랴. 그렇담 옛날 최영장군, 성삼문 선생이 노은리서 태어난 게 그거 아녀. 그건 아니랴, 노은리넌 워디까장이나 수암산 기슭이지 용봉산 아래가 아니잖남, 그런께 이쪽에서 훨씬 큰 인물이 나타날 거라는겨. 그런거시 다 점쟁이 무당 사설마냥 허황스런 미신 아닌개벼. 우리 선생님이 미신 따위에 현혹되면 절대루 안 된다 혔넌디. 글씨, 한강 남쪽 금강 북쪽에 있넌 산줄기가 금북정맥이라더면. 백두산 줄기가 태백산 소백산을 타고 내려오다가 보은의 속리산에서 갈려 나와 안성의 칠현산 청룡산, 천안의 성거산 광덕산 국사봉, 청양의 비봉산, 홍성의 오서산 보개산 백월산 홍동산, 예산의 수덕산, 서산의 가야산 백화산 지령산까장 쫙 뻗어간댜. 그런디 그 줄기에서 용봉산허구 수암산만 독립적으루다가 딱 비켜서 있댜는겨. 허긴, 원래 용봉산이 수암산꺼정 합쳐서 여덟 봉우리 팔봉산이었넌디, 일본놈덜이 기를 꺾을랴구 덕산 쪽 낮은걸 수암산이라구 따루 이름을 붙였다더먼. 암튼 용봉산 아래 우리동네서 세상 구제헐 큰인물이 난다는 말이랴. 그렇다문, 그 큰인물은 은제쯤 나타난다는겨. 글쎄 그게 내년일지 내달일지 내일일지, 벌써 나와 있넌지, 아무두 몰른다는겨.

면장 후보가 아버지를 포함해서 단 두 사람뿐이라는 건 여기저기서 주워들은 게 있으니 다 아는 사실이었지만, 방서방이 주르르 꿰고 있는 선거 판세는 새롭게 흥미로웠다. 면내에는 14개 리에 4천여 명이 살고 있는데, 그중 투표권이 있는 어른은 2천여 명, 그러니까 1천 표 이상을 얻어야만 당선이라고 했다. 어릴 적 도지사댁에서 홍식이 혜영이와 함께 서당공부를 하면서 훈장에게 주워듣고 익혔던 마을 주변 지리공부를, 발바닥 손바닥처럼 환하게 꿰어 현장공부로 발전시킨 것은 그러니까 면장선거놀이 덕분이었다.

그중 아버지와 내가 살고 있는 중계리와 상하리, 봉신리, 내덕리, 내법리 등 5개 리는 예전 홍천면이었는데 일제시대인 1914년 행정구역 통폐합 때 홍북면으로 통합되었다. 그게 50여 년이나 흘렀건만 아직도 사람들 마음에는 홍천사람이라는 생각이 고스란히 살아있다. 그러니, 자연히 아버지 편일 수밖에 없다.

면사무소가 자리 잡은 대동리와 신경리, 석택리, 용산리 등 4개 리는 치사면이었는데 일부는 이웃 군으로, 일부는 홍북면으로 편입되었다.

아버지의 상대 후보가 살고 있는 갈산리와 신정리, 산수리, 노은리, 대인리 등 5개 리는 대감개면이었는데 일부는 이웃 면으로, 일부는 홍북면으로 편입되었다. 그 지역 사람들 역시 대감개사람이라는 생각이 고스란히 살아있으니, 상대 후보 텃밭이다.

이번 면장선거에서 아버지와 상대 후보가 각기 5개 리씩 나눠 가진 셈이니, 당선을 좌우하는 것은 중립지역인 대동리, 신경리, 석택리, 용산리 등 4개 리였다.

지리 공부도 좋고 마을 역사공부도 좋지만, 관심사는 역시 아버지가 당선하느냐 낙선하느냐에 쏠려 있었다. 방서방은 그것도 자상하게 설명했다. 여태꺼정은, 도지사어른이 밀어주는 후보니께, 광선이 아부지가 떼놓은 당상이랴. 제아무리 면장을 투표루 뽑는다쳐두 백성들헌티넌 도지사님 뜻이 멕힌다녀겨. 도지사댁 사랑방에 모인 사람덜 모두가 벌써부텀 광선이 아부지럴 면장님이라구 부르는 걸 봐두 알조여. 그런디, 떼놓은 당상이 뭐여. 그렁께 꼭 당선된다넌 말이것지 뭐. 어린 소견에도 방서방 말이 틀리지는 않아 보였다. 도지사님이 누군가. 충청남도 전체를 다스리는 높은 어른 아닌가. 그 어른이 자기 집 사랑채를 선거운동본부로 내주는 데다가 뒷배까지 봐주는 판이니 절반은 먹고 들어가는 다 이긴 싸움 아니겠는가.

일의 고비넌 은제나 막바지에 뇌여있구, 승패두 막바지서 갈라지게 마련이랴. 선거를 코앞에 두고 삭에 불이 붙게 돌아치는 방서방 입에서 쏟아져 나온 말이 아니더라도, 막바지의 조짐은 분명하게 눈으로 볼 수 있었다. 그중 하나는 도지사댁 바깥마당에 차일을 치고 벌인 잔치판이었다. 애어른 할 것 없이 당장 그날부터 온 동네 사람들이 밥 짓기를 작파하고 그곳에 들끓었다. 그뿐 아니었다. 이웃 동네 상하리, 봉신리, 내덕리, 내법리 사람들까지도 수시로 드나들며 술에 고기에 떡에 과일에 떡 벌어진 잔칫상을 받고 비틀걸음을 놓았다. 또 하나는 마을길을 시도 때도 없이 누비고 다니는 도지사댁 지프였다. 당연히 대처에서 도지사님 모셔야 마땅할 자동차가, 혜영이 작은아버지 손에 끌려다녔다.

그런 일들이야 바깥의 일인지라, 식구들에게는 건넛마을의 불이었다. 하지만, 엄마나 외할머니가 조마조마 가슴 죄는 확실한 조짐 역시 한 발짝도 비켜 가지 않았다. 저그, 면장님이 산 문서럴 가져오라넌디유. 선거를 사흘 앞둔 저녁나절, 대문을 들어서면서 방서방이 숨찬 목소리로 엄마에게 말했다. 외할머니가 부엌문을 활짝 열어젖히고 나와 물었다. 보패재 산 문서 말인가, 어디 쓴다던가. 지야 잘 몰르지유, 그렇긴 혀두 소문으루넌 갈산리 사넌 상대 후보가 어제부텀 풀기 시작혔다더먼유, 그러니 손 놓구 있을 도리넌 없으니 쬐끔이라두. 방서방의 입안에 든 말은 채 끝까지 빠져나오지 못했다. 가져다 드리게. 행여 외할머니 입에서 불길한 말이라도 새나올까 두려운 엄마가 산 문서를 방서방 손에 쥐어줬다. 그게 다가 아니었다. 다음날 저녁때는 아버지가 직접 건너와서 도지사댁 문전옥답 안쪽에 낀 논 열두 마지기짜리 논문서를 챙겨갔다. 엄마는 이번에도 입을 다물었건만, 외할머니가 낙담을 했다. 그 논이 여느 논 한 섬지기허구 맞먹는 소출을 보던 옥답 중 옥답인디, 이를 어쩐다니.

투표하는 날, 8월 8일 수요일이었다. 잠깐 집에 들른 아버지가 돈을 주었다. 학교 가서 새 책을 받아오너라. 내가 2학기 교과서 못 받아온 일을 누군가에게 얻어듣기는 한 모양이었다. 바로 전날이 입추였건만, 무더위는 기승을 부렸다. 그래도 불평해서는 안 될 듯싶었다. 열 살짜리 걸음으로 십리 길 오가기에 빠듯한 시간이었지만, 다음날로 미뤄도 안 될 듯싶었다. 나는 투표소가 있는 용봉분교를 먼빛으로 내려다보며 보패재를 넘었다.

황톳길에 폭폭한 발자국을 찍어 가는데, 소향리 세거리에서 찌질이가 또 앞을 딱 가로막았다. 저번에 해놓은 짓이 있으니 떨떠름하면서도 이건 또 뭐람, 하는 짜증도 잇따랐다. 광선아, 방학인디 어딜 가니. 뜻밖에도 찌질이 입에서 빠져나온 목소리는 사뭇 부드러웠다. 이거 먹거라. 등 뒤에 감추고 있던 손을 선뜻 내밀었다. 속잎 째 쪄낸 옥수수였다. 그제야 방서방 얼굴이 떠올랐다. 이제는 두려울 게 없으니, 스스럼없이 받아 들면서 인사까지 챙겼다. 고맙다, 잘 먹을게.

담임선생님은 없었지만 주번선생님이 있어 2학기 책을 받는 데는 별문제 없었다. 뭔가 미진하고 서운했다. 책을 보자기에 싸 들고 텅 빈 운동장을 가로질러 호두나무 아래로 걸어갔다. 으벵이와 결투했던 그늘 아래 서서 고개를 꺾고 올려다봤다. 하늘은 맑고 바람이 솔솔 불었다. 가지마다 호두가 많이도 달려 있었다. 90명 반 친구들 얼굴 하나하나가 그렇게 주렁주렁 열려 있는 듯싶었다. 왠지 2학기부터는 으벵이와 싸우지 않고 잘 지낼 수 있을 것 같았다.

 서문 밖 개울을 건너고, 소향리를 지나고, 공동묘지를 에돌아서 보패재에 올랐다. 백월산에서 미끄러진 산그늘이 용봉산 쪽 우리 산허리에 걸렸는데, 고갯마루에 도지사댁 지프가 서 있었다. 웬일인지 차 안은 텅 비어 있었다. 고개를 들자, 백월산 쪽 등성이에 선 세 사람이 눈에 들어왔다. 그중 하나가 우리 집 산줄기를 손가락으로 더듬었다. 혜영이 작은아버지였다. 고개를 끄덕이는 건 도지사님이었고, 손을 내준 채 먼산바라기로 해찰하는 건 혜영이가 분명했다.

 망치로 뒤통수를 맞은 듯 정신이 번쩍 들었다. 누가 굴려 내린 돌멩이라도 되는 듯 고갯길을 한달음에 굴러 내려갔다. 집 안은 휑하게 비어 있었다. 방에 뛰어들어 숨을 고르기도 전, 선반 위에서 헌 책보를 내렸다. 국어책 갈피에서 편지가 툭, 떨어졌다.

 단정하고 예쁜 혜영이 글씨가 가지런하게 줄을 지어 달려들었다. 광선아 보아라. 비밀이지만, 친구니까 알려준다. 너희 아빠더러 절대로 우리 작은아버지인 홍식이 아버지 꾐에 넘어가지 말라고 하여라. 할아버지가 홍식이 아버지를 꿇어앉혀 놓고, 어찌 하든 광선이 애비를 면장선거에 내보낸 다음에, 발가벗겨 동네에서 내쫓으라고 다짐을 두셨으니. 나는 문장을 마저 읽을 도리가 없었다. 나는 내가 아버지에게 무슨 짓을 저질렀는지 헤아릴 수 없었다. 나는 편지를 움켜쥔 채 허청허청 대문을 나섰다. 얼결에 꾸벅 머리를 숙이자, 아랫집 데상이 매우 안됐다는 듯, 한마디 했다. 아버지가 슨거에 떨어졌으니 실망이 크것다. 방학식 날 책보를 잃어버리지 않았더라면. 아니, 방서방 손에 들려 되돌아왔을 때라도 펼쳐 봤더라면. 나는 생각하기 싫었다. 아무것도 알고 싶지 않았다. 두 팔 내두르며 한내를 바라고 내뛰었다.

8. 시간의 빛깔

　용봉산 아래 홍천마을. 아버지는 농부였을까. 학교에서 가정환경을 조사할 때마다 아버지 직업란에 농업이라고 적었다. 내 나이 열 살이던 그때, 국토의 7할이 산이고 인구의 7할이 농민이었다. 그러니까 통계숫자 속의 아버지 직업은 농업이 맞을 것이다. 내가 의구심을 떨치지 못하는 까닭은, 아버지의 모습과 교과서 속 농부의 모습이 좀처럼 겹치지 않아서이다. 교과서 삽화에 그려진 농부는, 농립이나 맥고모자라 부르는 밀짚모자를 눌러쓰고 논에 들어가 모를 심거나 벼를 베었다. 아버지는 주로 중절모라 부르는 신사모자를 썼으며, 우리 논에 모를 심거나 벼를 벨 때도 구두를 신은 채 논둑에서 오락가락했다.

　광선아부지 면장 나섰다가 미역국을 먹었으니 이자 망헐 일만 남었구먼. 외할머니의 한탄이 아니더라도 면장선거 후유증은 컸다. 당장에 보패재 아래 산줄기와 문전옥답 스무 마지기가 도지사댁으로 넘어갔다. 산은 임자가 바뀌어도 그 자리에 있으니 당장 표가 나는 건 아니었지만, 집 앞의 논은 달랐다. 아버지의 논 스무 마지기를 거둬들여 마을 안쪽 논들을 몽땅 차지하게 된 도지사댁에서 통문을 돌렸다.

마을 서북쪽 홍동산 발치부터 동남쪽 보패재 아래까지 냇둑을 다시 쌓겠다. 홍수가 질 때마다 마을을 덮치는 냇물의 범람을 막자는 노릇이다. 누구든지 일만 나오면 품삯은 후하게 쳐주겠다.

 3백 미터가 넘는 냇둑을 높이고 넓히는 큰 공사였다. 마을사람들은 면장선거에 떨어지고 농토마저 잃은 아버지의 상처를 흘끔흘끔 곁눈질하면서도, 너나없이 품삯 벌이에 나섰다. 공사 규모는 갈수록 커졌다. 도지사댁으로 넘어간 아버지의 산줄기조차 그 자리에 온전하게 버티지 못했다. 백월산에서 시오리, 기세 좋게 내달리다 용봉산 턱밑에서 발끈 머리를 쳐들고 우뚝 멈춰선 용머리가 썩둑 잘렸다. 거기서 헐어낸 바위로 견칫돌을 다듬어 쌓았고, 거기서 파낸 흙으로 둑을 넓히고 돋웠다.

 이 사람들아, 냇둑을 높이려면 양쪽을 똑같이 쌓는 게 상식 아닌감. 공사에 나서지 않았던 단 한 사람, 아랫집 데상이 우려를 입 밖에 냈지만 아무도 귀여겨듣지 않았다. 데상 자신이 해마다 연례행사처럼 물난리를 겪는 처지 아니더냐. 냇둑 공사가 끝나면 큰 혜택 볼 사람은 데상이다. 도지사님을 고마워해야 하거니와, 품삯 안 받고라도 달려와 일손을 보태야 옳지 않은가. 데상의 성정이 불같으니 대놓고는 못해도, 은근히 뒷소리를 흘리는 사람까지 생겼다. 아닌 게 아니라 데상네 집은 마을에서 가장 낮은 데 있어서, 홍수 때마다 문지방까지 물이 차올랐다.

 그렇거나 말거나 도지사댁에서는 마을 쪽 냇둑만 높이고 넓힐 뿐이었다. 마을사람들도 별다른 의견을 덧대지 않았다. 무릇 공사란 게, 돈 대는 사람 뜻대로 이루어지게 마련 아니던가.

이 사람들아, 보패재 아래 용머리를 허물먼 삼동네 망헌단 옛말 잊었는감. 아무도 들은 체하지 않자, 데상은 전설까지 들먹이며 한술 더 떴다. 용봉산 아래 백년도읍 명당이 있어 왕이 난다더라, 가야산을 둘러싼 내포에서 세상 구할 큰 인물이 난다더라. 정감록에 적혀 있다는 예언 말고도 전설은 여럿이었다. 용봉산의 기가 워낙 세어서 사람이 견디지 못한다든지, 백월산에서 뻗어 내린 보패재 아래에서 치켜든 용머리가 지그시 눌러주기 때문에 홍천, 동막, 산뒤 세 마을이 번성한다든지 하는 것도 그중 하나였다.

평소에는 마을사람 그 누구도 데상을 시피보지 못했다. 육이오 전쟁이 터지고 인민군 두 명이 잡으러 왔을 때 장도칼로 배를 갈라 죽음을 비켜냈던 담력 덕분이었다. 데상은 그로써 인민군의 마수는 피했으나 여름부터 가을까지 두 계절이나 죽을 똥을 싸며 생사의 가로를 헤맸다. 배 밖으로 흘러나온 창자에서 밥알이 줄줄 새나오는 상태로 마차에 실려 읍내로 달려갔을 때, 도립병원 의사가 홰홰 고개를 내둘렀단다. 가망 없으니 돌아가 임종이나 잘하시오. 꿰진 창자는 그대로 밀어 넣고 뱃가죽만 듬성듬성 얽어서 돌려보냈단다. 그런데도 데상은 집에 돌아오자마자 목이 마르다며 수박부터 찾았단다. 수박을 먹고 나니까 꿰진 창자에서 흘러나온 물이 배를 싸맨 붕대를 붉게 적시더란다. 데상은 그래도 한여름 내내 오직 수박만 먹어가면서 버텨냈고, 기적처럼 멀쩡하게 살아났다. 그로부터 마을사람들은 데상을 입에 올릴 때마다 수박의 효능을 함께 담아냈다. 수박이 꿰진 창자를 말끔히 아물렸을 뿐 아니라 도리 없이 죽어가게 된 사람을 살리지 않았느냐고.

냇둑 공사에서는 귀신에라도 씐 듯, 데상의 말을 철저히 외면했다. 되레 삼동네 사람 모두 우르르 품삯 벌이에 몰려들었으므로, 공사는 신속하고 무사하게 끝이 났다. 냇둑은 우마차가 다닐 만큼 넓어졌고, 아이들 키만큼 더 높아졌다. 홍동산 발치에서 우리 집 앞까지 쫙 뻗은 냇둑은 단번에 면내의 명물이 되었다. 아버지를 이기고 새로 당선된 면장이, 아버지를 속여가면서 열렬히 후원했던 도지사와 나란히 서서 완공 테이프를 끊었다. 기다렸다는 듯 가을장마가 들었다. 벼들이 누렇게 익어가는 황금벌판 위로 폭우가 쏟아졌다.

냇물이 한내를 가득 채우며 넘실거렸다. 새로 쌓은 냇둑은 마을 사람들이 늘어서서 큰물 구경하기에 딱 좋았다. 첫날은 절굿공이나 통나무가 떠내려오더니 다음날은 절구통이나 궤짝이 떠내려왔다. 그다음 날은 초가지붕도 떠내려오고 뱀도 떠내려왔다. 닭장도 떠내려오고 돼지나 송아지도 떠내려왔다. 약삭빠른 사람들이 갈고리 달린 밧줄을 던져 낚시질을 했다. 쓸 만한 물건이 걸려 나올 때마다 냇둑에서는 탄성과 환호성이 터졌다. 물은 갈수록 점점 더 불어났다. 마침내, 몹시 초싹대는 물줄기 하나가 갑자기 머리 쳐들고 맞은편 둑을 타 넘었다. 한내를 가득 채우고 흐르던 모든 물줄기가 한꺼번에 그리로 머리를 들이밀었다. 끼리끼리 몸을 비벼 속도가 붙은 물줄기들이, 공룡처럼 입을 크게 벌리고 냇둑을 우두둑우두둑 깨물면서 내달렸다. 순식간에 맞은편 둑에서 용봉산 발치까지 누렇게 펼쳐졌던 황금벌판이 용틀임하는 공룡들의 놀이터가 되었다. 소용돌이치고 날뛰면서 벌판 가로질러 용봉산 턱밑까지 달려간 공룡들은 산자락을 물어뜯고, 묘지를 파헤치고, 아름드리 소나무를 줄줄이 자빠뜨렸다.

한내는 여태까지의 제 길을 버리고 황금들판 한가운데로 발을 뻗어 새 길을 내고 도도하게 흘러갔다. 마을사람들 입에서 비명이 터졌다. 그 비명마저 금세 혓바닥에 감겨 목구멍을 되넘었다.

한내 건너편 용봉산 기슭에 있는 논들이야말로 도지사댁 소작지에서 벗어난, 마을사람들의 자작농토였다. 사람들은 그제야 여름 한철 품삯 벌이의 결과에 아연했다. 이 사람들아, 냇둑을 높이려면 양쪽을 똑같이 높이는 게 상식 아닌감. 이 사람들아, 보패재 아래 용머리를 허물먼 삼동네 망헌단 전설 잊었는감. 데상의 목소리가 뒤늦게 귓바퀴를 두드렸지만, 돌이킬 수 없었다. 그랬다. 둑을 높여서는 안 되는 일이었다. 백월산에서 달려 내려오던 등성이가 한내와 만나는 데서 용봉산을 바라고 우뚝 머리 치켜든 용머리를 함부로 잘라내서는 안 되었다. 그야말로 땅의 모양을 바꾸고 산을 허물어 마을의 명운을 바꾸는 짓 아니겠는가.

이쪽 둑을 높이면 저쪽 둑이 약해진다는 생각을 왜 못했던가, 뒤늦은 자책은 허사였다. 산뒤마을에서 한달음에 쫓아온 서천댁이 알쏭달쏭 사설을 길게 내뿜으며 발버둥을 쳤다. 예전이넌 홍수가 진대두 냇물이 제길 버리고 새길 내진 않았잖여. 불어나는 냇물 감당키 어려우먼 냇둑이, 조바심치는 제 사내 다독이며 애기덜 잠들기 지둘렸다가 슬며시 품을 열어주넌 여편네처럼, 은근슬쩍 슬금슬금 물줄기를 받아들였잖여. 막상 그러키 혀서 둑 타넘은 냇물은 양쪽 들판에 벙벙허게 얌전히 괴어있다가 하루 이틀 다리쉼허구 핫바지 방귀 새듯 표 안 나게 주춤주춤 빠져나갔잖여. 그런디 이게 뭐여. 새루 쌓넌 뚝방 행여라두 무너질세라, 홍동산 쪽 첫머리다가 견칫돌을 겹으루 한 자 넘게 내 쌓은 게 동티난 거 아님감. 게 부닥친 물줄기가 몸을 비틀어버린 게 한내가 제길 버리구 새길 뚫어버린 거 아니냐구우. 못 살어, 증말 못 살겄어. 이걸 으쩌면 좋티야.

마을사람들이 제정신 차렸을 때는, 햇살 아래 맑은 눈빛 일렁이며 누렇게 익어가던 벼들은 흔적도 없고 여전히 용틀임을 멈출 줄 모르는 흙탕물 호수가 쫙 펼쳐져 있었다. 풍덩풍덩, 속절없이 던져넣는 마을사람들의 심장 가라앉는 환청만 귓바퀴를 소란스레 두들겼다. 아버지의 남은 마지막 논 열다섯 마지기도 거기에 있었다. 아버지에게는 그 가을, 추수할 게 아무것도 남지 않았다.

빚독촉 홍수가 밀려닥쳤다. 선거자금으로 쓰자고 산문서, 논문서 저당 잡혀 현금을 확보했건만 빚은 빚대로 고스란히 살아있었다. 선거본부 사무장을 맡았던 혜영이 작은아버지는 감감무소식이었다. 개표도 끝나기 전 온다간다 한 마디 없이 사라진 뒤 소식을 끊었다. 도지사 영감이 광선아부지 잡을라구 엇따 빼돌린 게 분명타. 외할머니의 설명이 아니더라도 그것은 마을사람 다 아는 비밀이었다. 저당 잡혔던 산문서, 논문서 착착 등기이전 해가면서도 도지사댁에선 마냥 모르쇠였다. 어찌 돌아간 일인가, 따져보자 해도 장부조차 없었다. 읍내 양조장 주인은 쉰 섬이 넘는 막걸리값 청구서를 내밀었다. 장터 고무신가게에는 삼백 켤레 값이 밀렸고, 장터 국밥집마다 대추나무 연 걸리듯 줄줄이 외상값이었다. 그뿐 아니었다. 사무장이 슨거 끝나면 챙겨준다 약속혔던 그간의 품값 한 푼도 못 받았으니 우쩐대유. 선거운동원들도 턱을 받치고 늘어섰다. 아, 그런 데 쓰자고 사무장헌티 산문서, 논문서 내줘서 저당 잡혔던 것 아닌감. 무슨 셈판인지 모르겠으니, 사무장 나타나길 조금만 더 기다려 보세나. 아버지는 선거운동원들에게는 그리 미루고, 읍내 외상값은 가을걷이나 끝나거든 보자고 미뤘다. 그렇건만, 기다리는 사람은 소식 없고 가을장마 먼저 들었다. 추수는커녕 그나마 남은 논배미도 개울바닥이 되고 말았다. 소문 듣고 찾아와 눈으로 본 빚쟁이들이 아우성을 쳤다. 외상값 당장 내놔라.

이치에 안 닿는 풍경이었다. 그간 선거선생 노릇을 해왔던 머슴 방서방에게 항의를 해볼 수밖에. 대체 우찌된 셈판이 하낫두 질서가 읎넌 거시랴 시방. 돌아온 대답은 간단했다. 워낙이 슨거라넌 게 시상에서 제일루 드럽구 치사허구 몹쓸 노름이라넌겨. 내 입에서 좋은 소리 터질 리 없었다. 그런 줄 알문서도 왜 말릴 생각을 안 혔넌감. 불퉁맞은 항변에 방서방 목소리를 낮추더니, 얘기자리를 길게 깔고 나섰다.

한번 들어볼겨. 지난번, 그렇게 사년 전 면장 슨거는 전쟁통에 치렀다잖남. 때가 때니만큼 이번처럼 면민덜이 투표럴 헌 게 아니라, 열네 명 이장덜이 대표루다가 투표를 혀서 뽑았댜. 그런디 요 절복통헐 일이 생겼다더면. 그렇께 여덟 표만 확보허문 당선인디, 후보가 이번처럼 딱 두 사람이 나왔더랴. 둘다 이장을 허구 있던 사람덜인디, 그중 신경리 이장 최아무개라넌 사람 얘기여. 면장벼슬 욕심으루다가 문전옥답 아홉 마지기럴 팔어서 알토란 가튼 돈봉투럴 만들어 이장덜 헌티 골고루 돌렸더랴. 그런디, 개표 결과 자기 표는 딱 한 표뿐이더라너먼. 을매나 억울허구 원통혔겄어. 참다참다 옆에 앉았던 대동리 이장헌티, 뻔헌 질문얼 던져봤잖겄어. 마침 대동리 이장 딸이 자기 아들헌티 시집을 왔기때매 사돈간이었댜. 사돈께선 누굴 찍으셨대유. 설마 자기 딸을 내게 맽겨둔 처진디, 남을 찍었으랴 싶었던 게지. 사돈 역시 민낯으루다가 딱 시치미를 떼더랴. 내가 자식놈얼 사돈헌티 내준 처지루다가, 누굴 찍었겠슈. 그러니 원통절통이 하눌꺼정 뻗칠밖에. 홧김에 투표용지럴 집어다가 한 장씩 뒤져봤다는겨. 그랬더니 워쨌겄어. 그 한 표가, 자기가 그려낸 찌그러진 동그라미가 분명허더라는겨. 그렇다구 사돈 멱살을 쥐구 흔들 수두 웂으께, 아이구, 내가 찍은 표넌 대체 워디루 갔댜, 그러문서, 게거품 물구 까무러치구 말았댜. 슨거라넌 게 그렇게 드럽구 치사헌 짓거리랑겨. 재산 베리구 사람 베리구 체신꺼정 베리넌, 증말 몹쓸 노름이라넌겨.

정작 미친바람은 그날부터 불어닥쳤다.

아버지가 잠적해버렸다. 아침나절 선거 때 혜영이 엄마가 지어준 진솔 명주옷을 차려입고 집을 나섰던 아버지는, 밤이 깊어도 돌아오지 않았다. 다음 날도, 그다음 날도 일자소식이 없었다. 선거 사무장을 맡았던 혜영이 작은아버지는 여전히 감감무소식인데, 아버지 잠적 소식에 빚쟁이들이 또 몰려들었다. 광선이 아버지 어디 갔는지 대라. 당장 찾아서 내놔라. 오늘 안으로 빚 다 갚아라. 볏가리에 메뚜기 튀듯 했다.

숨돌릴 새도 없이 뜬금없는 소문이 날아들었다. 광선이 애비가 읍내 요릿집을 전세 내서 놀이판을 벌였다더라. 그게 아니라 사기죄로 몰려 경찰서에 잡혀갔다더라. 그게 아니라 타관에서 온 타짜들에게 걸려들어 껍데기 홀딱 벗겨졌다더라. 머슴 방서방이 읍내 구석구석을 방방 뛰어다니며 소문의 뿌리를 캤으나, 종적은 묘연했다.

고르고 골라서 외할머니가 기럭재로 돌아가고 없는 날, 오밤중에 아버지가 대문을 밀고 들어섰다. 잠든 엄마를 깨워놓고는 반닫이를 열어라, 호통을 쳤다. 넋이 나간 엄마는 털퍼덕 퍼질러 앉아 한 손으론 입을 막고 한 손으론 목을 눌러 꺽꺽, 울음을 되삼켰다. 반닫이 이마 한가운데 매달린 놋쇠 쇳대는 아버지가 두 손으로 잡아 비틀어도 끄떡을 안 했다. 좌우를 휙, 둘러본 아버지가 방문을 냅다 걷어차고 한달음에 광으로 굴러갔다. 아버지 손에는, 평소 방서방이 장작 팰 때도 쓰지 않던, 아주 커다란 도끼가 들려 있었다. 꽈다당, 시집올 때 모셔왔다는 엄마의 보물옷궤가 박살이 났다. 옻칠한 피나무에 구멍 숭숭 뚫린 무쇠장식을 단 숭숭이반닫이였다. 뒤집힌 흰자위에 핏발을 세운 아버지는 아버지가 아니었다. 왼손으로 논문서와 집문서를 덥석 움켜쥐었다. 엄마가 아버지 바지자락을 잡고 늘어졌다. 아버지의 도끼 든 오른손이 엄마 정수리를 겨냥하고 번쩍 치켜 올라갔다.

윗방에서 샛문 틈새로 빠꿈이 지켜보고 있던 내 머릿속이 하얗게 비었다. 무작정 튀어 나갔다. 두 눈 꽉 감고, 도끼날 아래 머리를 디밀었다. 잠에서 깬 명선이가 샛문 들이받으며 왕, 울음통을 열었다.

내가 세상살이에 숨겨진 비밀 한 자락을 엿보았다면, 그 순간일 것이다. 두 눈 꽉 감고 도끼날 아래 머리를 디밀던 그때, 나는 포기했다. 지켜야 할 게 없었으므로, 두렵지 않았다. 내가 세상살이에 숨겨진 허궁 한 자락을 엿보았다면, 그 순간일 것이다. 눈 감고 도끼날 아래 머리를 디밀었으므로, 텅 비었다.

아버지는 다음다음 날, 멀쩡한 얼굴로 돌아왔다. 머슴 방서방을 시켜서 빚쟁이들을 불러 모았다. 둘러메고 온 비료포대에서 돈뭉치를 꺼내 들었다. 읍내 양조장이든, 장터 고무신가게든, 장터 국밥집이든 부르는 대로 외상값을 척척 갚았다. 선거운동원들에게도 달라는 대로 밀린 품삯을 내줬다. 그러고는 빈손 탈탈 털었다.

여러 날 뒤, 외할머니와 엄마가 마주 앉아 삼동네를 휘돌아 온 소문의 파편을 꿰맞췄다. 오밤중에 보패재를 넘어올 때는, 선거판에 밀어 넣은 재물 내친김에 노름판에 마저 털어 넣을 작정이었다던가. 마지막으로 몽땅 걸고 운명을 시험해보자, 했다던가. 도끼로 숭숭이반닫이 까부순 뒤 집문서, 논문서 움켜쥐고 보패재를 넘어

가면서 마음이 툭, 꺾이더란다. 남은 재산 털어먹기는 털어먹되 제대로 털어먹자, 그리 맘 돌려먹게 되었더란다. 날 밝기를 기다렸다가 노름판 대신에 읍내 대서방을 찾아가 집문서, 논문서를 돈으로 바꿔 넣은 비료포대를 둘러메고 보패재를 넘었다던가.

외할머니는, 그나마 마지막에 정신을 바로잡은 게 어디냐고 반색했다. 엄마도 고개를 수그린 채 비죽비죽 웃음을 깨물었다. 재산은 잃더라도 정신만 바로잡으면 언제든 되찾게 마련이라 했다.

나는 아니었다. 하늘이 무너져 내리는 꼴을 지켜본 다음이었다. 우상의 민낯을, 절대자의 밑바닥을, 어찌 설명할 수 있다는 말인가. 게다가, 용봉산 아래 마지막 논 열다섯 마지기는, 타관 땅을 떠도는 삼촌 몫이었다. 언젠가는 빨갱이 멍에를 벗고 고향으로 돌아오는 날, 긴요하게 쓰일 살림밑천이었다. 그마저 팔아서 빚잔치를 벌이다니. 하는 짓마다 대책이라곤 없는 처사였.

아버지는 갈수록 차분하게 가라앉았다. 언제 그랬더냐싶게 가재도구를 손보거나 마루 끝에 앉아 먼산바라기를 했다. 딱히 집어낼 수는 없어도 가다듬고 정리하는 낌새가 엿보였다. 그쯤에서 속 좋은 엄마 얼굴에 드문드문 웃음꽃이 피어나기도 했다. 어쩌다 보니, 아버지를 아버지로 받아들일 수 없는 나 혼자만 전전긍긍, 어쩔 줄을 모르는 꼴이었다. 나로서는, 미운 아버지보다도 못된 아버지를 받아들이는 엄마가 더 미워지기 시작했다.

개학 날 아침이었다. 장손 대접으로 아버지와 겸상을 받았으나, 밥맛은 꽝이었다. 그래도 십리 길 오가자면 배는 채워둬야만 했다.

어쩔 수 없이 숟가락을 집어 들다 말고 멈칫, 했다. 아버지가 수저를 밥사발에 꽂자, 한가운데서 노란 빛이 돌았다. 엄마가 파묻어둔 달걀이었다. 나도 얼른 수저를 꽂았다. 없었다. 나는 고개를 푹 숙이고 펑펑 밥을 퍼 넣었다. 중간에 딱 한 번 간장종지에 숟가락을 담그고는 내내 맨밥이었다.

윗방으로 넘어가 책보를 집어 들고 휑하니 집을 나설 때까지, 그 다음 곧장 앞으로 내달을 때까지, 나는 눈을 뜨지 않았다. 아무 데나 부딪쳐서 깨져도 좋았다. 어디로든 떨어져 부러져도 상관없었다. 앞으로, 앞으로 내달았다. 풍덩, 물탕을 튀기며 휘청대면서야 눈을 떴다. 한내였다. 보패재를 넘어야 학교로 갈 수 있건만, 반대쪽으로 내달아서 한내를 건너려는 참이었다. 나는 멈추지 않았다. 내친김에 한내를 건넜다. 가야 할 길이 아니었으므로 가야 할 곳이 사라졌다. 터벅터벅 앞으로, 앞으로 내디뎠다.

용봉산 앞쪽을 돌아 덕산으로 가는 길도 버리고, 당산나무로 올라가는 길목도 지나치고, 동막골도 스쳤다. 길은 끝이 없었다. 용봉산 뒤쪽을 돌아 덕산 가는 길도 외면하고, 수덕사로 치뻗은 비탈길도 빗겼다. 가야산 꼭대기 레이더기지 뾰족탑마저 옆으로 돌려놓을 무렵엔, 다리가 저렸다. 길바닥에 주저앉아 한참을 쉬었다. 햇살이 머리 위에 내리꽂혔다. 배가 고팠다. 길옆 우물에서 두레박을 올려 물배를 채웠다. 멀지 않은 길가에 상엿집이 보였다. 절간에 들어가 중노릇이라도 할양이면, 어느 집 아이인지 밝혀져선 안 되었다. 상엿집 처마에 책보를 감춰두고 내처 걸었다. 세 시간은 흘렀을까, 아니면 네 시간이나 다섯 시간. 처음 걷는 길, 처음 보는 동네, 처음 넘는 고개를 자꾸만 자꾸만 뒤로 보냈다. 물러나는 산과 들판과 길이 어질어질 휘청댔다.

어쩌다가 넓은 길 비켜 돌계단을 기어오르고, 부처님 셋이 환하게 웃는 바위 앞에 쓰러졌다. 부처님들의 미소는 따사로웠으나, 배가 몹시 고팠다. 슬며시 올려다본 하늘은 끝도 없이 파랗게 외로웠다. 누가 빌다 갔는지 떡과 참외가 보였다. 기어가서 움켜쥐고 허겁지겁 입에 쓸어 넣었다. 솜털이 보송한 개구리참외마저 와삭와삭 씹어 넘긴 다음, 바짝 당겨 쥐었던 정신줄이 툭, 끊겼다.

외할머니 문자로, 승도 속도 아닌 땡추가 흔들어 깨웠다. 야, 이 눔아, 그만 일어나거라. 일어나 앉은 다음에도 내 입에서 대답이 나가지 않으니, 그가 비켜섰다. 뉘엿뉘엿 저무는 해가 막 등성이를 올라타고 있었다. 벙어리 행세할 참이었으므로, 나는 입을 꽉 다물었다.

사내가 바위틈에서 몽당비를 찾아들고 바닥을 쓸었다. 먼지가 풀풀 피어나니 견딜 재간이 없었다. 벌떡 일어나서, 예전에 엄마가 용봉산 미륵부처 살폈듯, 부처님 셋을 짯짯이 훑었다.

가운데 키 크고 뚜렷한 부처님은 둥근 얼굴에 눈을 활짝 뜨고 두툼한 입술로 벙글벙글 웃었다. 뭉툭하게 옆으로 퍼진 코, 떡 벌어진 어깨, 굵은 띠매듭이 제법 대장다웠다. 오른쪽은 고개를 외로 틀어 귀엽게 웃는 모양이 네다섯 살 어린아이 같았다. 한 다리는 내리고, 한 다리는 무릎에 올려 반가부좌를 하고, 한 손은 팔꿈치를 구부려 뺨을 괸 채 생각에 잠긴 모습인데, 머리에는 꽃을 두른 삼면보관을 썼다. 집에 자주 들르던 수덕사 여승들 말로, 반가사유상이라던가. 왼쪽은 키가 자그마한데 연꽃 위에 서서 두 손을 모아 약합을 쥔 모습이다. 머리에 쓴 보관은 꽃무늬가 살아 움직이는 듯하고, 가운데 도톰한 데다 해와 달을 새겼다. 관음보살인 듯싶었다.

마애삼존불상을 왜 그리두 뚫어져라 쳐다보느냐. 바위허구 눈싸움을 허면 바위에 구멍 뚫리겠냐, 네 눈깔이 빠지겠냐. 그만 내려가자. 그날 밤은 아래 골짜기, 땡추의 움막으로 기어들 수밖에 없었다. 이튿날 아침, 땡추가 말했다. 예서 둘이 지낼 수는 웂다. 비손허는 신도가 드물어서 둘이 목구녕 대구 앉었으면 굶어죽기 십상이다. 그러잖어두 오늘 발걸음헐 참이었는디, 개심사루 가자. 내가 주지시님께 잘 얘기혀주마.

땡추는 산 아래로 뻗은 좋은 길 놔두고 실개천 거슬렀다. 오래잖아 무너진 절터가 나타났다. 여기저기 주춧돌이며 기왓장이 널려 있는 가운데, 멀쩡하게 버텨 선 오층석탑이 새삼스러웠다. 예가 보원사란 큰 절이 있던 자리다. 그 한마디로 눈앞에 널린 경치를 줄여놓고는, 곧장 산등성이 옆구리를 치달아 올랐다. 짐승이나 새들이 다닐 법한 실낱같은 조도였다. 편헌 길루 돌아가자면 세 시간은 걸리지만, 이렇게 질러가면 한 시간이면 족하다. 땡추의 말이 떨어지기 무섭게, 가파른 비탈 끝에서 갑자기 앞이 탁 트였다. 발아래로 나지막한 봉우리들이 징검다리처럼 맞춤 맞게 이어졌다. 멀찌

갑치 가야산 줄기가 남으로 내달았지만, 그쪽도 이쪽처럼 등성이는 부드러웠다. 한동안 내리막으로 쏟아지던 발걸음을 세심동이라고 새겨진 표석이 막아서자, 땡추가 또 설명을 덧달았다. 저기 돌비석을 봐라. 세심동이니, 예서 마음을 씻고 들어가야 헌다는 말이다. 개심사라는 절 이름두 그렇다. 너처럼 속을 처닫구 있지럴 말구, 마음을 활짝 열라는 뜻이다. 한동안 머물게 될지 알 수 없으니, 마음을 추스르고 산문에 발을 들이라는 강다짐인 줄로 알아들었다. 계곡의 오솔길로 접어들자 아기자기한 바위 사이로 물줄기가 가느다랗게 흐르고, 솔숲 사이로 돌계단이 뻗어갔다.

일주문에 걸린 현판이 상왕산개심사였다. 그냥 지나칠 리 없는 땡추가 손가락질을 하고 나서 토를 달았다. 상왕이란 코끼리의 왕이란 뜻이구, 코끼리란 또 부처님이란 뜻이다. 땡추가 어찌 꾸며댔는지 모르지만, 내쫓지는 않았다. 주지스님께 문안을 들었을 때도, 원주스님이 무엇을 물어도 입을 떼지 않으니 도리가 없었을까. 우선은 불목하니헌티 붙어 잔심부름이나 허거라. 땡추가 마지막으로 떨구고 간 말이 그랬다.

나무꾼 되기는 어렸고, 물지게를 질 형편도 아니었으므로 빈둥거릴 수밖에 없었다. 이틀을 빈둥거리다가 주지스님 눈에 띄어 불려갔다. 글씨는 쓸 줄 아느냐. 네 이름자를 써보아라. 내가 벼루에 붓을 적셔서 한자로 송광선이라고 썼다. 물론 내 성이 송가는 아니었다. 들은풍월로 수덕사 만공큰스님 성씨가 송가였다는 게 떠올랐을 뿐이었다. 주지스님이 무릎을 쳤다. 제법이구나, 오늘부터는

그래도 가야 할 길 159

심검당에 앉아서 사경을 해보도록 해라. 불경을 베껴 쓰라는 말이니, 밥값 때울 취직자리를 얻은 셈이었다. 뜻밖에도 죽은 홍식이가 고마웠다. 녀석에게 온갖 구박 다 받으며 껴붙어서 천자문, 동몽선습, 논어를 배운 보람이 있었다.

제일 먼저 베껴 쓴 건 반야심경이었다. 창호지를 여덟 조각으로 나눈 한 폭에 꽉 채워 쓰는 게 요령이었다. 첫날은 글씨 크기와 간격을 맞추느라 낑낑대다가 저물었고, 다음날은 여덟 폭, 그러니까 창호지 한 장을 삐뚤삐뚤 채웠다. **摩訶般若波羅蜜多心經 觀自在菩薩 行深般若波羅蜜多時 照見五蘊皆空 度一切苦厄 舍利子 色不異空 空不異色 色卽是空 空卽是色 受想行識 亦復如是**……. 그다음 날은 제법 획이 살아서 글씨 모양을 갖춰갔다.

딱 거기까지였다. 개심사에 들어와서 닷새 되는 날, 머슴 방서방이 성큼 심검당으로 들어섰다. 주지스님께넌 벌써 허락을 받았다. 그냥 집으루 가면 된다. 그러면서 턱짓으로 문밖을 가리켰다. 아버지가 거기 서 있었다.

그사이 나라고 고민을 안 했던 건 아니었다. 물론 식구들도 걱정했을 것이다. 그래도 내가 왜 골이 났으며, 출가를 꿈꾸게까지 되었는지는 짚어내지 못했으리라. 결정적인 이유는, 엄마의 공평하지 않은 처사였다. 엄마로서는 아버지의 도끼날 아래 머리를 디밀었던 나와, 엄마의 정수리를 겨냥하고 도끼를 치켜들었던 아버지를 제대로 살폈어야 했다. 달걀은, 당연히, 내 밥그릇에 파묻었어야 옳았다.

이제는 다 틀렸다. 나는 아직 어렸고 홀로 살아갈 힘이 없었다. 밤잠 설치며 이를 갈아붙여 본들, 뾰족한 수가 나타날 리 없었다. 그나마 절간에서 쫓겨나게 되었으니 발붙일 데가 없었다. 한발 물러서서 타협하는 수밖에. 그러자니, 방법은 하나뿐이었다. 고르고 골라서 외할머니가 기럭재로 돌아가고 없던 날의 오밤중, 그 시간을 기억에서 깨끗이 도려내는 것. 어떤 경우에도 떠올리지 않을 것, 어떤 경우에도 입에 담지 않을 것. 아버지 뒤, 방서방 앞에 끼어서 장장 오십 리 길을 줄여가는 내내, 입술을 깨물고 또 깨물면서, 오밤중을 삭제하고 봉인했다.

9. 그래도 가야 할 길

　장마 걷힌 하늘이 까마득하게 날아오른 가을날, 운동회가 열렸다. 이른 아침, 아버지가 내 손을 잡고 집을 나섰다. 전에 없던 일이었다. 십리 길 내내 손길은 따뜻했고 눈빛도 깊었다. 그날만은 선거에 시달리고 빚쟁이에 시달리던 아버지가 아니었다. 생각해 보니 입때껏 광선이 운동회 한번 가본 적이 없더구나. 많이 서운했지. 후회스럽다는 듯 나지막한 목소리에는 눈물이 쏙 빠질 만큼 다정함이 실려 있었다. 명주바지저고리에 두루마기까지 명주잠자리처럼 날렵하게 차려입고 중절모 쓴 아버지는, 내가 본 어른 중 단연 최고 멋쟁이였다. 내 어찌 꼴깍 넘어가지 않을 수 있으랴. 오늘만은 가슴 속 봉인을 풀지 않으리라, 다짐하지 않을 수 없었다.
　학생은 많고 운동장은 좁았다. 운동회는 1, 2, 3 저학년과 4, 5, 6 고학년으로 나뉘어 열렸다. 그날은 고학년 운동회였다. 전날 총연습을 했으므로 순서는 환히 꿰고 있었다. 오전에는 개회식, 국민보건체조, 6학년의 장애물경주, 5학년의 이인삼각, 4학년의 공굴리기로 이어지다가 점심시간을 알리는 바구니터뜨리기. 오후에는 줄다리기, 이어달리기, 기마전이 끝나면 시상식을 겸한 폐회식.
　이와는 별도로 전교생 모두 한 번씩은 뛰게 마련인 백미터달리기는, 본부석 앞 코스에서 진행되었다. 운동장 중앙에서 청군 백군으로 나뉘어 펼치는 단체전이 눈요깃거리라면, 백미터달리기는 상품이 걸린 개인전이었다. 전교생이 학급별로 여덟 명씩 조를 짜서 달리되 1, 2, 3등만 상을 타게 되어 있었다. 문제는 내가 뛰는 조의 1, 2, 3등이 미리 결정되어 있다는 데 있었다. 여덟 명의 달리기 조원도 미리 짜여있었다. 한마디로, 싸움 잘하는 아이들이 상을 독차지하겠다는 심보였다. 내일두 백미터는 오늘 조대루 띈다. 일등은 내가 맡을 것이구, 이등은 김철이, 삼등은 최영수가 헌다. 나머지는 알어서 츤츤이 달려야 쓴다, 알긋지. 제멋대로 정한 달리기 규칙을 선포하고 나선 아이는 경찰서장의 외동아들 김으뜸이였다.

김으뜸이 나한테는 아예 눈길도 주지 않았다. 싸움 실력 학급서열 90번, 학년 전체서열 천 번째에게는 애당초 말을 꺼낼 값어치도 없다는 투였다. 나로서도 불만이 없었다. 내 키, 내 힘으로는 젖 먹던 힘까지 쥐어짜 달려본들 일등은 어림도 없었다. 이등이나 삼등도 만만치 않았다. 1, 2, 3학년 운동회를 통틀어서 상을 타본 것이라고는 공책 한 권뿐이었다. 그것도 2학년 때 내가 속한 청군이 승리한 덕분에 받은 단체상품이었다. 되레 속 편하게 됐다고 쾌재라도 불러야 할 판이었다.

우리 반 아이들이 백미터달리기 코스로 나가 줄지어 앉았을 때, 상황이 바뀌었다. 본부석의 맨 앞줄 교장선생님 옆에 경찰서장, 그 옆에 아버지가 나란히 앉아있었다. 면장선거에 떨어졌을망정, 아버지가 유지 대접을 받고 있다는 증거였다. 학급서열 꼴찌를 자청

해 가며 한껏 움츠린 채 있는 듯 없는 듯 지내던 나였건만, 하필이면 그때 생각 하나가 머릿속을 가로질렀다. 1, 2, 3등이 미리 결정되어 있다는 점에 착안한 교활함이었다.

김으뜸이 누구인가. 경찰서장인 아버지 위세를 업어 선생님도 함부로 대하지 못할 뿐 아니라 싸움 실력도 빼어나서 4학년 전체 서열 1번이었다. 감히 김으뜸이 정한 규칙을 깨뜨릴 아이는 아무도 없었다. 그렇다면, 여덟 명 모두 최선을 다해 뛰지는 않을 것이다. 아니, 김으뜸이조차 그럴 것이다. 김으뜸이 선포한 규칙만 깨뜨린다면, 승산이 있지 않겠는가.

아버지에 대한 미움 따위가 끼어들 계제가 아니었다. 나는 아버지에게 보여주고 싶었다. 폭우가 몰고 온 홍수, 빚 독촉이 불러온 홍수를 겪으면서 안팎으로 시달리기만 하던 아버지에게 아주 작은 희망, 입귀에 깨진 사금파리 조각만 한 웃음이라도 피어나게끔 선물을 하고 싶었다.

김으뜸이 조의 달리기가 시작되었다. 처음에 나는 일부러 4등으로 달려 나갔다. 그건 쉬운 일이었다. 4등이나 8등이나 똑같은 허탕이었으므로 아무도 나를 주시하지 않았다. 사고는 중간쯤 갔을 때 터졌다. 으뜸아, 뒤를 봐. 3등을 맡았던 최영수가 왜장을 쳤다. 내가 1등을 하자면 힘껏 치고 나가서 먼저 3등을 제치고 2등을 제칠 수밖에 없었는데, 먼저 추월을 당한 최영수가 사태를 깨닫고 내지른 비명이었다. 김으뜸이로서는 그때라도 힘껏 달렸으면 될 일이었다. 내 실력은 거기까지였다. 숨이 턱까지 차올라서 김으뜸이

까지 제치는 건 불가능했다.

그래도 목표가 정해졌으므로 나는 죽을힘을 다해 뛰었다. 환상처럼 내 눈앞에 김으뜸이 얼굴이 확, 덮쳐들었다. 우르릉 쾅 번쩍, 번개가 쳤다. 공중잽이로 나가떨어지면서 정신을 놓쳤다.

응급실에서 깨어났을 때 왼쪽 팔에는 석고붕대가 감겨있었다. 팔목 뼈가 부러졌다. 회진 온 의사가 지나가는 말처럼 툭 던졌다. 공중잽이로 나가떨어질 때 왼쪽 손이 가장 먼저 땅을 짚은 탓이란다. 곁을 지키고 있던 아버지가 설명을 달았다. 주사를 놓았으니까 차차 괜찮아질 거다. 링거주사액 떨어지는 속도를 조절하던 단발머리 간호원이 말꼬리에 웃음을 빼물었다. 어린 환자를 안심시켜야 할 책임이 자신에게 있다고 믿는 듯싶었다. 김으뜸이 더 큰 문제로구나. 불쑥 나타난 담임선생님이 땅이 꺼지게 한숨을 내쉬었다.

그로부터 병원을 나설 때까지 사람들이 주고받은 말을 종합해보면, 상황은 이랬다. 백미터달리기 코스에서 내가 갑자기 속도를 높여 3등을 제치고 2등을 제치며 앞으로 내닫자, 본부석에 앉아있던 교장선생님을 비롯한 내빈들의 시선이 일제히 내게로 쏠렸다. 운동장에 줄지어 서 있던 학급 아이 중 몇몇은 아예 벌떡 일어서서 짝짝짝, 박수를 치기도 했다. 그때 누군가 뭐라고 고함을 내질렀다. 그때까지 1등으로 앞서 달려가던 김으뜸이 홱 돌아서는 동시에 발을 높이 쳐들어 나를 걷어찼다. 힘껏 달리던 중이라서 김으뜸이 동작은 목표를 놓쳤다. 발이 허공에 쳐들린 채로 죽어라 달리던 나와 충돌했다. 김으뜸이는 넉장거리로 나가떨어졌고, 나는 공중 잽이로 굴렀다. 불행한 일은 그때 김으뜸이 뒤통수가 가장 먼저 땅에 닿았다는 것이고, 더 불행한 일은 그 자리에 주먹만 한 돌멩이가 단단히 박혀 있었다는 것이다. 의사의 진단은 두개골함몰로 인한 뇌진탕. 한층 더 불행한 일은, 김으뜸이 의식이 돌아올 희망이 별로 없다는 것.

병원을 나서자 잘 익은 햇덩이가 백월산 등성이에서 턱걸이를 하고 있었다. 깁스한 팔 어깨에 매달고 오른손 아버지에게 잡힌 채 십리 길을 터벅터벅 걸었다. 아버지도 나도 말을 잃었다. 폭우가 몰고 온 홍수, 빚 독촉이 불러온 홍수를 거푸 겪으면서 안팎으로 시달리기만 하던 아버지에게 아주 작은 희망, 입귀에 깨진 사금파리 조각만 한 웃음이라도 피어나게끔 선물을 하고 싶었던 소망이 몰아온 사고였다. 김으뜸이의 선포로 1, 2, 3등이 미리 결정되어 있다는 점에 착안한 교활함이 빚어낸 결과였다.

입이 한 개 더 있다고 한들, 무슨 말을 담아낼 수 있겠는가.

터벅터벅, 자박자박, 하릴없이 발소리나 헤아리면서 논두렁길로 소향리 앞을 지날 때였다. 유리창에 얼비친 햇살조각 같은 게 반짝, 떠올랐다 스러졌다. 아버지가 내 손을 허공에 휙, 내던지고는 논바닥으로 뛰어들었다. 명주바지저고리에 두루마기까지 명주잠자리처럼 날렵하게 차려입고 중절모 쓴 멋쟁이 차림 그대로였다. 아버지는 내가 실패한 운동회를 몸소 치르기로 작정하기라도 한 듯 추수 앞두고 물을 뺀 질퍽한 논바닥, 누렇게 익은 벼포기 사이를 요리조리 헤집고 내달렸다. 진흙탕에 빠져든 구두 때문에 휘청, 엎어지고 물이 괸 물꼬에 첨벙, 처박히면서도 아버지는 포기하지 않았다. 아주 긴 시간이 벼포기를 흔들고 지나가면서 백월산 그림자를 끌어당겨 논바닥을 서늘하게 덮었다. 마침내 길 위로 올라선 아버지, 진흙으로 칠갑한 명주잠자리가 푸드덕, 몸부림쳤다. 이게 허리 아픈데 즉효라더라, 늬엄마 말이다. 뜸부기였다.

광선에미 평생토록 손톱여물 썰어가매 일군 살림이건마는, 광선 아부지 한입에 털어먹었으니 으쩐단 말이냐. 내 귓바퀴에서 뜬금없이 외할머니 목소리가 쨍하고 울렸다. 진흙 칠갑이 된 명주옷을 보고 어머니의 고된 노동이 떠올랐던 것일까. 아니면, 뜸부기 한 마리로 엄마에 대한 사랑을 내세워 내 머릿속에 새겨진 혜영이엄마 그림자를 지워보자는, 힘을 쭉 빼버린 아버지 목소리가 낯간지러웠을까. 절대로 속아 넘어가지 않겠다, 나는 이를 꽉 물고 해 넘어간 백월산 봉우리에 눈길을 얹었다.

일주일을 집에서 뒹굴다가 학교에 갔건만 김으뜸이 자리는 비어있었다. 막상 얼굴 맞대도 껄끄러울 판인데, 우선은 잘됐다 싶었다. 학급 아이들도 다른 눈치를 보이지 않았다. 내일은 일제고사를 볼 것이니 지각이나 결석하지 말아요. 담임선생님 당부 빼놓곤 별일이 생기지도 않았다.

다시 일주일이 지났다. 이번 일제고사에서 우리 반 성적이 제일 좋았어요. 특히 광선이가 전교에서 딱 한 사람, 백점을 맞아서 선생님은 무척 기뻐요. 월요일 첫 시간에 활짝 웃으며 들어온 담임선생님이, 통신부를 나눠주면서 말했다. 그 효과는 당장 나타났다. 기회 있을 때마다 나를 들이받던 으벵이가 깁스한 팔이 무거워 쩔쩔매는 나를, 되레 슬슬 피했다. 뒷자리에 앉은 덩치 큰 아이들도 좀처럼 눈을 마주치려 하지 않았다. 내가 백점을 맞은 건 순전히 우연이었다. 학교를 쉬었던 일주일, 깁스한 팔이 무거워 방 안에 갇혀 지냈다. 교과서나 들여다볼 수밖에 없었고, 운 좋게도 그때 들여다본 데서 일제고사 문제가 나왔을 뿐. 학년서열 1위 김으뜸이 의식불명인 판에 일제고사가 훈장 하나를 더 달아준 격이었다. 쉬는 시간에 만난 다른 반 아이들은 대놓고 나를 향해 선망 어린 말을 던졌다. 백점짜리 왕이다, 백점짜리 왕. 어찌 되었든 한고비를 넘겼다는 안도감에 숨을 크게 내쉬었다. 당분간은 아이들이 싸움을 걸어오지 않는 평화가 올 듯싶었다.

또 일주일이 지나갔다. 병원에 들러 깁스를 풀고 학교에 갔다. 그제야 김으뜸이 빈자리가 눈에 밟혔다. 나는 다 나았는데, 아직도 의식을 못 찾고 있다는 아이에 대한 죄의식 비슷한 게 뾰족하게 옆구리를 찔렀다. 쉬는 시간에 불려 간 교무실에 아버지가 있었다. 전학증을 떼었으니 선생님께 작별인사를 드려라. 아버지가 설명 없이 말했다. 나는 담임선생님에게 크게 허리를 꺾고 깊이 머리를 숙였다. 내가 학교에서 처음으로 누려본 평화는, 2주 만에 싱겁게 끝이 났다.

광선에미야 난리도 이런 난리가 어딨다니. 대번에 이사라니, 그것도 천리는 떨어진 휴전선 턱밑이라니. 엄니, 광선아부지 말이 운동회날 자빠진 경찰서장 외동아들이 여태 깨어나질 못허구 있다네유. 그야, 광선이 잘못 아니라매. 헌디, 깨어날 희망이 아주 안 보인다네유. 암만 그려두 광선이만 떳떳허면 그만 아닌감. 지켜본 사람덜이 워낙 많으니께 광선이 잘못 아닌 줄은 다 알지만유, 저땜에 다쳤다넌 생각을 아주 안 할 도리넌 읎을 거래유. 내내 그 꼴을 지켜보구 자랄 수두 읎넌 노릇이구유.

안방에서 조근조근 주고받는 말이었다. 이삿짐이라도 꾸리는지, 부스럭대는 소리도 섞여서 넘어왔다. 무겁고 불편하기만 했던 깁스를 풀자, 쓰지 않고 매달아뒀던 왼쪽 팔에 새로운 아픔이 몰려왔다. 거기에 예상 못 했던 전학증 사건에 뜸부기까지 피로를 덧들였을 수도 있었다. 집에 돌아오자마자 윗방으로 들어와 쓰러졌다. 외할머니와 엄마는 잠든 줄 아는 모양이었다. 얘기의 내용인즉, 아버지가 나를 위해 전학을 시키려고 한다는 것이다. 그것도 멀리 휴전선 밑으로 솔가해서. 나는 고개를 홰홰 저었다. 그럴 리가 없었다. 이사를 하겠다면 그것은, 아버지가 면장선거노름으로 가산을 탕진한 탓이었다. 아버지의 논, 아버지의 산을 빼앗고 발가벗겨 내쫓으려는 도지사댁의 흉계에 빠진 줄 모르고, 선거운동 핑계 삼아 혜영이엄마와 사랑놀음을 벌인 죗값이었다. 만에 하나, 정말로 나를 위한 전학이라 하더라도 혜영이엄마 앞장세워 엄마를 슬프게 만들었던 아버지를 용서해서는 안 될 일이었다. 그것은 가슴속의 봉인을 풀고 안 풀고는 상관이 없는 일이었다. 끄응, 나는 다시 눈을 꽉 감고 돌아누웠다.

이튿날 아침, 외할머니가 일찌감치 대문을 나섰다. 차마 딸네 식구들 휴전선 철책 밑으로 솔가하는 꼴을 지켜볼 수는 없다고 했다. 엄마가 엉뚱하게 나를 채근했다. 광선아, 외할머니, 용봉분교 앞까지만 배웅을 해드리자꾸나. 발뺌할 도리는 없었다. 산모퉁이를 돌아서 슨장밭 옆길로 한내를 건넜다. 그만들 들어가그라. 자꾸 따라와 봤자 하낫두 반가울 게 웁스니. 용봉분교 정문 앞에 닿자마자 외할머니가 손짓을 앞세워서 돌아섰다. 엄니, 즈덜 걱정은 허덜 마셔유. 가서 자리 잡는대루 편지 보낼 텐께유. 엄마의 간곡한 인사에 외할머니의 답은 더 간단했다. 알았응께 돌아서.

그 자리에 선 채로 외할머니가 길모퉁이를 돌아갈 때까지 지켜보던 엄마가, 내 손을 더듬어 쥐었다. 잠깐 저기 들렀다 가자. 그게 미륵부처에게 하직인사를 하자는 소린 줄 단번에 알아들었다. 그러니까, 외할머니 배웅은 핑계일 뿐이고 정작은 미륵부처 앞에 같이 가자는 속셈이었던 것. 나로서도 굳이 거스를 까닭이 없었다. 엄마의 손을 꼭 쥐고 완만한 비탈길을 천천히 걸어 올라갔다. 그러다가 다섯 살 때 엄마와 내가 머물렀던 성낙이 작은형 집 앞을 지나는 순간, 가슴이 뜨끔해졌다. 그사이 나무들이 제법 자라서, 미륵부처가 곧바로 눈에 닿지 않는 게 다행이었다.

5년이 흘렀건만, 미륵부처는 다부진 몸매 흘뜨리지 않고 서 있었다. 엄마가 108배를 올리는 동안, 나는 엄마의 눈초리로 미륵부처를 짯짯이 훑었다. 상호는 아래로 내려오면서 차차 넓어지는 형상인데, 민머리 꼭대기는 편평하구나. 그러니 이마는 좁고 답답하게 보일밖에. 하지만 활처럼 깊게 팬 눈썹은 시원스럽고, 도톰한 눈두덩 아래 가늘게 내리뜬 눈은 반달처럼 예쁘구나. 미간에서 번어 내린 코는 오뚝하고, 두툼하면서 매초롬한 입술엔 슬그머니 미소가 물렸구나. 양쪽 뺨은 살이 올라 불룩하고, 어깨까지 늘어진 귀 또한 복스럽기 그지없구나.

그러다가 슬그머니 뒷걸음질을 쳐, 장대처럼 키 큰 중이 세웠던 움막 자리를 더듬었다. 그 자리도 솔숲에 먹혀서 여긴가 싶으면 저기 같고, 저긴가 싶으면 여기 같아서 짚어내기 힘들었다. 치성이 끝난 엄마가 내가 서 있는 쪽으로 다가왔다. 광선아, 무얼 그리 찾느냐. 나는 대답 대신 몸을 돌려 내려가는 길을 잡았다. 그러면서 열심히 잔머리를 궁굴렸다. 세월이 그만치나 지났으니 이제 말해도 되지 않을까. 미륵부처께 하직인사 하는 자리이니, 털어놓는 게 마땅한 일 아닐까.

용봉분교를 지나고 한내를 건널 때에 이르러서야 결심이 섰다. 엄마, 저기. 내가 장대처럼 키 큰 중의 움막에 불 지른 걸 고백하려는 순간, 엄마가 내 손을 세차게 흔들었다. 안다, 알구 있응께, 말허지 말거라. 그 바람에 내 말은 훌쩍 건너뛰었다. 그럼 내가 왜 개심사엘 갔던지두 알어. 엄마가 담담히 받았다. 안다, 달걀 때문이 아니란 것두 아니까, 더는 말허지 말거라. 엄마 목소리가 하도 예사로워서, 그 모든 일들이 하찮기 이를 데 없어 보였다. 나는 다시 한 번 그것들을 가슴에 쓸어 담아 봉인해야만 했다.

다음 날, 이른 아침부터 족두리감나무에서 까치가 울었다. 아버지 엄마 나 명선이와 애기, 다섯 식구는 읍내까지 십리 길을 걸었다. 줄이고 줄여 단출하게 꾸린 이삿짐 보따리 두 개는 머슴 방서방이 지게에 얹었다. 읍내 차부에서 출발한 시외버스는 누런 황금 들판을 기세 좋게 갈라 젖히고 서울에 닿았다. 용산 시외버스정거장에서 다섯 식구는 또 시내버스를 타고 숭인동 시외버스정거장으로 옮아갔다. 거기에는 휴전선 턱밑까지 가는 시외버스가 줄줄이 늘어서 있었다. 다섯 식구는 영종여객 시외버스에 실려 해 질 녘의 낯선 땅 네거리에 부려졌다. 예서 기다려라. 한 마디 던져놓고, 보따리 하나를 둘러멘 아버지가 비상도로 끝으로 사라졌다.

  남겨진 네 식구는 그때 한 편의 시가 되었다.

     뻐꾸기가 울고 있었다 송홧가루 같은 팥고물 같은
     먼지를 뒤집어쓰고 쑥대도 익모초도 쇠어가는 외딴 집터 앞
     산모퉁이를 돌아간 비상도로의 끝이
     보이지 않았다

     하나뿐인 보따리에 나누어 묶인 채로
     우리는 버려지고 있었다 망아지처럼
     눈물도 말라붙은 슬픔이 황혼으로 덮치고

     아버지는 돌아오는 기척이 없었다

어머니 흰고무신 아래로 낯선 정적이 깔리고
새벽차로 떠난 고향집 족두리감나무에서
까치가 울었다 치마폭을 늘여 쥐고
칭얼대던 동생은 그을린 주춧돌에 드러눕고
뜯어 쥔 질경이 잎사귀에 거미줄 같은 어둠이
엉겨붙고 있었다

쌍불을 켜고 늑대 같은 군용트럭이 달려가버린 뒤
호잇호잇 밤새가 울었다 저물도록
따라와 발을 절고 선 고향
하늘이 돋는 별 키질하며 가려내고 있었다
허기와 두려움의 끝 사려 다지며
어머니는 끝까지 서 있었다

용봉산

백월산

홍성상하리미륵불

서산마애삼존불

용봉산

강병석 장편소설 그래도 가야 할 길

초판발행 2024년 8월 8일
지은이 | 강병석
발행인 | 장문정
발행처 | 문예바다
등록번호 | 105-03-77241
주소 | 서울 종로구 삼일대로 30길 21(종로오피스텔) 611호
　　　전화 02-744-2208
　　　메일 qmyes@naver.com

@ 강병석, 2024. Printed in Seoul, Korea
ISBN 979-11-6115-242-4
값은 뒤표지에 있습니다.
* 이 책의 판권은 지은이와 출판사에 있습니다.
* 양측의 서면 동의 없는 무단전재 및 복제를 금합니다.

「이 책은 경기도, 경기문화재단의 지원을 받아 발간되었습니다.」